Tapete de Silêncio

Tapete de Silêncio

MENALTON BRAFF

São Paulo
2011

© Menalton Braff, 2011

1ª Edição, Global Editora, São Paulo 2011

Diretor-Editorial
Jefferson L. Alves

Editor-Associado
A. P. Quartim de Moraes

Gerente de Produção
Flávio Samuel

Coordenadora-Editorial
Arlete Zebber

Revisão
Tatiana F. Souza
Luciana Chagas

Capa
Ana Dobón

Foto de capa
Neil Emmerson/Getty Images

Projeto Gráfico
Tathiana A. Inocêncio

Dados Internacionais de Catalogação na Publicação (CIP)
(Câmara Brasileira do Livro, SP, Brasil)

Braff, Menalton
  Tapete de silêncio / Menalton Braff. – São Paulo : Global, 2011.

  ISBN 978-85-260-1605-7

  1. Ficção brasileira I. Título.

11-11003   CDD-869.93

Índice para catálogo sistemático:
1. Ficção : Literatura brasileira   869.93

Direitos Reservados
**GLOBAL EDITORA
E DISTRIBUIDORA LTDA.**

Rua Pirapitingui, 111 – Liberdade
CEP 01508-020 – São Paulo – SP
Tel.: (11) 3277-7999 – Fax: (11) 3277-8141
e-mail: global@globaleditora.com.br
www.globaleditora.com.br

Obra atualizada conforme o
Novo Acordo Ortográfico da Língua Portuguesa

Colabore com a produção científica e cultural.
Proibida a reprodução total ou parcial desta obra sem a autorização do editor.

Nº de Catálogo: **3308**

Para a *Roseli*, sempre.

Para o *Quartim*, com minha gratidão.

Capítulo 1

Esta chuva surpresa nenhuma, aquelas nuvens grossas amontoando-se a tarde toda no topo do morro escuro. Primeiro aviso se formando além da Vila da Palha, no alto. Então pensei, Vai chover. Depois o vento frio que varreu por baixo a rua, arrepiando os braços da cidade. Da porta do armazém eu olhava na lonjura o morro: esta noite vai chover. A gente sentia com a pele, o sentido, mesmo sem pensamento, nosso corpo. E chovendo, assim, a cidade toda no resguardo, a televisão na sala. Com sol ou chuva, o recado firme pra nossa turma. De hoje não passa, o safado. Na praça, o banco debaixo da seringueira.

    E olha só, o Leôncio. Ele, porque a barbearia aqui perto, central. Barbearia Central, com letras pretas e grandes. Se levanta e me aperta a mão com a maciez da sua, quente e seca, guardada no bolso. Sentamos no banco de falso granito: Casa Figueiredo, acho que meu avô, este banco.

E se alguma coisa der errado, Osório?, o Leôncio, eu não vejo os olhos dele, mas sei que me olha com ansiedade. Como responsável pelo grupo, não posso fraquejar e respondo que não, tudo está calculado, meu plano, apesar de sentir no estômago uma frieza que, bem medida, pode ser chamada de medo, pois somos pessoas de obrar dentro da ordem.

Se eu tivesse certeza do que disse, me botava a falar positivo, meu falar com império. Me escondo por baixo de um tapete de silêncio, escondido. O plano parece bom, eu penso, o problema são os imprevistos. A gente nunca espera, mas tem de contar com eles. Ficamos calados, nós dois, ouvindo o chiado da chuva. A voz da televisão mal chega até aqui, amortecida pelas venezianas fechadas, um sinal muito fraco de vida por trás das paredes. A cidade se encolhe na umidade dos telhados e das ruas, onde postes magros, solitários, projetam uma luz amarela, dependurada, quase inútil, que as lagoas da calçada timidamente multiplicam. Tem de dar certo.

Agora as folhas da seringueira já perderam a competência de reter a chuva no alto, acima de suas cabeças, eu digo, Vamos, e saímos duas sombras a correr, que merda, estes vinte metros por baixo das nuvens para o coreto e enxugamos o rosto e os braços com mãos ofegantes.

Estraga não, a chuva. A cidade toda se esconde atrás de paredes e cortinas, suas gelosias fechadas: o conforto doméstico. Isso até ajuda nosso plano. Aqui sim, aqui se pode esperar o tempo, sem olhos noturnos de testemunhas. A noite, por si só, a noite é proteção para transgressões de leis e regras, na temerosa opinião de algumas pessoas, mas quando chuvosa, como está, tudo apaga, a noite, e a existência do mundo, é como se ele não existisse além do que vemos e fazemos. Estamos sozinhos no mundo, este nosso aqui, e vale apenas a vontade de cada um. O que se ouve, o que ouvimos é o chiado da chuva. Nem cachorro levanta a voz contra uma noite assim feia.

A torre da igreja, logo ali, parada e muda, por trás dos ramos pensos do chorão-mexicano e das altivas sete-copas com seus vários e soberbos pisos, dá súbito uma só batida do ponteiro, então confiro a hora que se agita entre estes galhos aí, com as folhas brilhantes. Cedo ainda. Os outros têm coisa de vinte minutos pra chegar. Vêm, sim, que ninguém é feito de açúcar.

O Leôncio bota um cigarro na boca. Suas feições ansiosas se desmancham nas sombras. Seguro seu braço e cochicho, Faz isso não, brasa é uma coisa que se vê de muito longe. Depois de guardar o cigarro no maço, ele ergue os olhos na direção da torre. E o padre, hein, sabendo de alguma coisa? Não corre segredo pela cidade que não venha dormir no confessionário. Acho que ainda não. Mas vai saber. E fica do nosso lado, pode sossegar. De falar no púlpito? Não, claro que não. Nem tudo que se pensa se diz, ainda mais em público.

Meu amigo se coça com barulho de unhas na pele, o Leôncio, que fede a sarro de cigarro quando a barba, ele raspando a navalha, deve fazer muita força pra não acender o cigarro, como pedi. Preocupado com o padre. E este batizou e casou praticamente a cidade inteira, ele, que existe como se fosse a cidade, sempre sabendo, uma vida toda prometendo prêmios e castigos, desde que a cidade existe. Por isso mesmo é que mantém nas manoplas quase todas estas almas de pouca densidade. Chegou da Espanha eu ainda não tinha nascido, ou tinha?, e desde então predica na cidade. Chegou cheio de Europa, um missionário, o padre Ortega. Veio salvar do fogo eterno estes seres de pouca fé. Ele diz. Vocês não são religiosos, os mais velhos, eles que ouviam. Vocês não são religiosos, repetia com seu forte sotaque dos primeiros anos, vocês são místicos, bando de fetichistas, e da religião só querem saber das aparências, se satisfazem com o ritual. Quando falava fetichistas, a maioria fazia o pelo-sinal, porque era uma palavra que ninguém jamais tinha ouvido. E a imaginação do inferno bem perto deixava muita gente com dor de barriga.

Meu avô venerava o padre Ortega – um santo. Ele não confessava, mas sua esposa, quando eu sentava em seu colo, dizia, Seu avô não era capaz de pentear o cabelo sem perguntar ao padre se podia. Hoje penso que era por causa da língua. Os santos que são assim: falam uma língua com sotaque – o sotaque da santidade. E aquela linguagem de cigano lhe dava certa aura de um ser misterioso, mais encostado no céu do que enterrado na terra. Minha avó contava e ria com alegria nos olhos e nos lábios. Minha avó era um ser aberto cheio de luz. Soberba. Ouvi dela muita crítica às beatas que disputavam intrigantes e maledicentes cada centímetro do entorno do padre. Ele devia ter consciência da adoração que provocava, mas deixava-se adorar em benefício da igreja e para não espantar o rebanho, pois um homem lúcido, como ele, sabia muito bem que não era um santo.

Depois de uns anos, aí eu já me lembro, padre Ortega era chamado de padre Ramón, um modo mais íntimo de a gente se referir a ele. Naquela época, começava a se apagar a imagem de um homem misterioso, mantendo, porém, a condução espiritual do rebanho. Muito rígido até mesmo com o círculo dos mais próximos. De ninguém admitia relaxamento nenhum. Ficava muito vermelho, como se fosse explodir. Então erguia aquela mão imensa até perto do céu e repetia, Bando de infiéis, seus fetichistas, com aquele sotaque e a voz de trovão que ele tem até hoje.

Quarenta e cinco anos, sim, senhor, quarenta e cinco anos ditando o certo e o errado, ligando ao céu este pedaço aqui da terra, isso deu a padre Ramón Ortega uma autoridade que ninguém questiona. Tanto nas coisas do espírito como nas questões práticas da vida ele domina o povo daqui. Lá pelos meus quinze anos, me lembro bem, ele só almoçava aos domingos na casa do doutor Madeira, no sítio dos irmãos Alvarado, com o prefeito da época, qualquer que fosse, na casa dele. Padre Ramón foi ficando muito amigo dos grandes da cidade, e me parece que foi o resultado desse convívio, muitas vezes bem íntimo, o afrouxamento de seu ímpeto de jovem guerreiro da fé e dos bons costumes. Começou a relaxar, as penitências aliviadas, as mãos menos altas, um sorriso mais mole no rosto vermelho. Mesmo assim, manteve muito bem afiado seu serviço de informações. Aqui nada acontece que ele não fique sabendo.

Meus braços, depois desta corrida, estão frios úmidos, por isso esfrego minhas mãos ásperas neles, arranhando, e a sensação de frio diminui. Este aí, o Leôncio, deve sentir mais medo do padre do que frio no corpo magro. Ele e seu cheiro permanente de pós-barba. Quase nunca fico perto: o asco. Um homem perfumado. Não demora muito os outros começam a chegar. Prazer nenhum eu sinto numa tarefa como esta, mas é ordem do doutor Madeira, e com ordem dele não se brinca. Prazer não é o mesmo que necessidade.

Ninguém toma remédio por prazer, seu Osório, ouço a voz dele dentro de mim. Preciso me concentrar, e este Leôncio fala mais que a boca. Me sinto sujo e a barba de dois dias me incomoda. Homem do comércio. Minha mulher acha que existe uma raça de homens que é do comércio, uma raça que tem de fazer a barba todos os dias e se vestir sempre como se fosse a uma festa. Sei que neste escuro ninguém vai ver nada disso, mas mesmo sem ver eu sei e isso me incomoda, como se a Matilde, aqui resmungando.

Meus olhos ardem com tanto brilho. Da frente das casas, do alto dos postes, de todo lugar vem o brilho das lâmpadas, que se mistura aos pingos oblíquos da chuva, às poças na rua, às folhas envernizadas das árvores. Multiplicação sem fim. Aperto as pálpebras, fugindo, mas no escuro do esconderijo ainda vejo fagulhas de luz que se agitam como numa chuva de estrelas. Do que preciso, mesmo, é de dormir. Dias e noites. Minha cabeça desde ontem não produz pensamentos agradáveis, no entanto, não para de pensar, aos tropeços e sem pausa nenhuma. Não descanso, e até meu pescoço eu sinto que vai endurecendo, como um torcicolo. Meu corpo todo é um torcicolo. Ainda mais com este frio. O Leôncio me imita e esfrega as mãos macias e quentes nos braços e diz alguma coisa a respeito do frio, mas não consigo entender o que ele cochicha, por isso respondo que é claro, uma hora o padre Ramón fica sabendo, não vai, apesar disso, condenar ninguém pelo que vamos fazer.

Um homem, este aqui, quase encostado em mim com seu perfume, escorado como eu na mureta baixa do coreto, um homem assim não tem certeza de nada, por isso faz muita pergunta. Desde garoto que me lembro dele perguntando. Ele está quieto agora, inventando pensamento de medo, quem sabe, porque se preocupa com o padre, achando que é o mesmo que nós víamos na infância, de rosto grande e vermelho, iluminado pelo sol oblíquo que entrava pelas janelas. Ele não percebe as mudanças na vida de Pouso do Sossego desde as eras. Dava medo, outrora. No meu tempo de garoto, nosso tempo, que o Leôncio regula de idade comigo, todos na cidade tinham muito medo do padre Ortega. Os sermões naquela língua cigana dele pareciam abrir as portas do inferno. Pode ser que um pouco por causa da língua – algumas pessoas se vangloriavam de entender tudo que ele dizia. Mas o medo, principalmente, o que provocava era o trovão de sua voz. Ele acusava a todos os fiéis de pecadores e ameaçava com a porta fechada do céu para aqueles que não confessassem quaisquer pecados, mesmo os mais insignificantes. Em tudo quanto era lugar o assunto era o sermão do último domingo. Lá em casa só se falava do padre Ortega em voz baixa. A cidade anoiteceu de tanto medo. Mas isso só aconteceu no início, nos primeiros anos. Foi uma onda de delações, de acusações e confissões que transtornou a vida de todo mundo. Ninguém queria ficar de fora, rejeitado pelo paraíso. Só no início.

Às vezes o padre queria fazer graça e tropeçava nas pessoas. O jeito dele, seu jeito mesmo, era a rispidez e as ameaças. Nisso ele era bom. Um dia em plena missa, na frente da cidade toda, ele perguntou pra mãe do Leôncio, Tá com vontade de me mostrar as pernas? E soltou uma gargalhada. A coitada, com o pensamento distraído nas coisas sagradas, se esqueceu de puxar a saia pra baixo e esconder os joelhos. Ela ficou tão atrapalhada que até o fim da missa não se levantou mais, abobalhada de vergonha, que é um estado de choque. Desde garoto que este Leôncio tem medo do padre. A história do corridão no bispo deve ter começado nos joelhos da mãe do Leôncio, porque o povo daqui, este povo reprimido, adora aumentar malícia no que vê e no que inventa.

Ele diz alguma coisa que eu não entendo, porque a chuva cai agora com mais barulho e além disso o Leôncio cochicha pra dentro, sem voz de humanidade. Então eu digo pra ele repetir mais alto, e ele pergunta, E essa Lúcia, hein, Osório, o que é que você me diz, hein?

Não gosto de conversa com sombra porque palavra tem asa e dissimulação. Eu fico adivinhando um sorriso torto de malícia no rosto do Leôncio e imagino um início de zombaria, nascente escárnio, por isso me fecho em carranca no exercício de minha ira, que ele não pode ver. Escuta aqui, Leôncio, se você é esperto, não faça mais essa pergunta, está me ouvindo? Nem toque mais nesse assunto. A Lúcia foi fazer um curso nos Estados Unidos, e nós não temos nada com a vida dela. Nos Estados Unidos, Leôncio, um curso. Espero que você tenha entendido direito o que eu disse. A barbearia é um lugar por onde passa muita gente, quase a cidade masculina toda, e o doutor Madeira tem uma enorme consideração por você, não é mesmo? E tem mais: vê se não grita meu nome pra cidade toda ouvir, certo?

Ficamos outra vez por algum tempo com os ouvidos cheios do chiado da chuva, o Leôncio assimilando a dura que dei nele, e eu envolvido com meus pigarros, uns pontos de exclamação bastante roucos. A conversa volta lenta e difícil, nós dois procurando rumos diferentes, no início, com volteios sobre o tempo, a carestia, sem muita certeza do que se pode falar, até que descambamos para a excitação estúpida do povo com o aparecimento do circo e suas atrações. Fazendo fundo pra nossa conversa difícil, o chiado monótono e frio da chuva.

Tudo começou com este circo maldito chegando a Pouso do Sossego, por isso acho que é assunto perigoso. É preciso caminhar descalço e desviando-se das pedras, porque ele está tão ligado a tudo que aconteceu com a Lúcia que falar dele e dela é quase a mesma coisa. Preciso de um desvio, caramba, e rápido. Por isso pergunto ao Leôncio se ele se lembra do professor Ernesto, o professorzinho de bigode. E ele responde que sim, ora, quem não se lembra?! Apesar do tempo que já passou, uns vinte anos. Como se fosse hoje. Mal chegou, já queria transtornar os costumes da gente, hein, Leôncio. Achando que isto aqui fosse terra de qualquer um: é chegar e tomar conta. Saiu escorraçado, sem tempo nem de se despedir. Aquele professor Ernesto quis trazer regras de fora, hein, Leôncio, mudando o regime de autoridade de Pouso do Sossego. Você se lembra da maneira como ele foi posto pra fora? O Leôncio não urra nem mia, por isso tenho a impressão de que ele está concordando com a cabeça, só com a cabeça, que não tem som algum nesse escuro. Dois, três segundos e ele se toca. Ora, e não ia me lembrar? O caminhão deixou a cidade eram umas cinco, seis horas da manhã. Ele ia em cima da mudancinha dele, que não dava pra mobiliar uma sala. Me lembro bem dele, principalmente por causa do bigode, que ele mandava aparar quase cobrindo o lábio. Rimos em comemoração da lembrança um riso de muita intimidade, sem o exagero de volume, como tem de ser, um riso gostoso, de muita satisfação. Acho que o Leôncio já desemburrou.

Do professor Ernesto, a gente ficou se lembrando aos farrapos e voz baixa, comentando contentes, tropeçando nos fantasmas das nossas recordações. Ele veio trabalhar em Pouso do Sossego no início da carreira. Chegou com a juventude ainda ardendo, e, inflamado pelo espírito do progresso, pôs-se a trabalhar. Por que será, hein, Osório, que isso acontece? Isso o quê, Leôncio? Cada início de carreira é uma tentativa de salvar a humanidade, hein, Osório. Sei lá. Eu também comecei pensando que o comércio, depois de mim, ia ser diferente. E taí, só eu mudei, e isso porque já tenho rugas no rosto e cabelos começando a branquear. Quanto ao mundo, continua no mesmo lugar.

O Leôncio fica um tempo mastigando minhas palavras. Ele é muito lento. Parece que de vez em quando resmunga. Não sei, porque ele resmunga é pra dentro. De repente ele pigarreia e diz que não concorda muito, que o mundo, hoje, não é bem igual ao que já foi. Pergunto diferente em quê, e ele não sabe responder. Eu acho que a chuva vai parar. Agora um ventinho frio e rasteiro.

E continuo pensando no professor Ernesto. Mas ele, o professor, confundiu a realidade que via com a própria realidade, sem saber que nem tudo se vê. Você não acha, Leôncio? Pois é. Toda cidade dorme por cima de canais subterrâneos, meu caro, e que não são apenas do esgoto. E aqui por baixo de Pouso do Sossego correm galerias de bitolas variadas, e todas tão bem protegidas que um forasteiro como ele jamais vai perceber.

Quando ele começou a visitar um e outro, aliciante, propondo uma espécie de confraria formada pelos notáveis da terra, prometendo ligações no país e no exterior, você se lembra?, ele, cego de juventude, não via que na cidade já estava assentado quem é que mandava e quem obedecia, quais as conexões eram permitidas, o que era virtude ou pecado. Coitado! Com as relações que mantinha dentro e fora do país, aceitava o sacrifício de liderar a organização. Veja só a ousadia do rapaz. No sobrado quase em frente à igreja, do outro lado da praça, o doutor Madeira recebia relatórios diários daquela campanha infiel, e lá da farmácia, na esquina da rua do comércio, o Laerte contava ter ouvido muitas vezes as gargalhadas que subiam do sobrado e inundavam o centro da cidade da mais alva alegria, fruto alvar da ordem e da segurança que elas produzem.

Meu pensamento agora escorre lembranças molhadas pela chuva que volta a cair de viés: um vento frio. Na primeira reunião secreta convocada pelo professor (ele tinha feito dez convites pra membros ilustres da sociedade pouso-sosseguense, tendo comparecido apenas quatro pares de olhos amedrontados), um dos quatro disse a ele que o doutor Madeira não estava gostando dos boatos que ouvia. Cuidado, seu Ernesto, que ele não aprecia muito as coisas que vêm de fora, novidades. Não foi assim?

Foi bem assim mesmo, porque eu estava lá. O Leôncio foi testemunha do fato, que narrou centenas de vezes na barbearia, acrescentando, com o passar do tempo, detalhes que se perdiam na memória e que a imaginação inventava. Doutor em quê, se ele é apenas um fazendeiro? Ele não me assusta, não. Até onde investiguei, ele não é formado em nada e não está investido de autoridade nenhuma. Veja só o atrevimento do forasteiro. Coisas de quem é jovem e inexperiente, não acha?

Naquela mesma noite, depois de receber a visita do doutor Madeira, aceitou dois ajudantes pra encaixotar tudo que tinha trazido, porque de manhã, bem cedo, o caminhão vinha buscar ele. Foi ou não foi?

Tenho de cutucar os vazios do Leôncio com o cotovelo e mandar que ele ria mais baixo. E saiu agradecendo a gentileza, o Leôncio repete, a gentileza, e por pouco não se fina de tanto rir. Sim, porque, numa noite chuvosa como esta, ter de ficar preso dentro de um coreto até meia-noite ou mais, não há melhor companhia do que umas gargalhadas quentes e grossas.

Capítulo 2

Na orla em fiapos de uma nuvem aparece a lua, pálida como sempre, correndo apressada, como se fosse esconder-se atrás da torre da igreja. A chuva deu uma sossegada e somente pinga das folhas das seringueiras e dos chorões-mexicanos. Aqui em volta. Um guarda-chuva aparece do lado esquerdo da igreja e entra pela alameda que corta a praça em diagonal: na mesma hora engolimos nossa conversa a respeito do professor Ernesto. Aperto o braço do Leôncio pra que ele pare de rir, porque o comando me exige cautela. Como saber quem vem debaixo daquele guarda-chuva? Então nos agachamos muito observadores por trás da mureta, no escuro.

Sapatos roucos vêm-se arrastando lentos nas lajotas da alameda. Dois sapatos. Pelo vão entre balaústres barrigudos e roliços, espiamos o vulto que sobe em diagonal, tentando descobrir quem vem debaixo de um guarda-chuva. A rouquidão dos sapatos nas lajotas é um pouco aguada, por isso, ao se aproximar do coreto, o guarda-chuva começa a tossir com voz feminina, uma voz velha, cheia de catarro. Aqui dentro, em cima, o coração parado, nós dois bem protegidos das lâmpadas e da chuva, somos duas estátuas ridículas agachadas e quase sem respiração, porque a velha resolve terminar de tossir apoiada na parede de pedra do coreto. Consigo ouvir seus pulmões inflarem com o ar úmido da noite chuvosa, sua respiração difícil e chiada logo depois da tosse. Mais nada vimos nem ouvimos porque o guarda-chuva esconde sua dona. A velha para de tossir, inspira um ar ruidoso até se sentir mais forte e continua seu caminho na direção da extremidade superior da praça, lá em cima, onde passa a rua do comércio. Leva algum tempo até dobrar a esquina e desaparecer. Em nossa volta, tudo fica velho e rouco.

Quem pode ser, uma velha carregando seu peso por uma noite encharcada como esta? Leôncio vira-se pra mim, querendo saber. Ergo as sobrancelhas da memória tentando identificar a velha, mas não consigo pista nenhuma. Estou convencido de que sei quem é, mas agora não sei. Alguma coisa existe nela que a gente conhece, que todos conhecem, um conjunto, algum detalhe escondido pela noite, talvez. Dessas velhas, eu respondo, dessas que andam por aí e ninguém sabe quem são. Mesmo assim, incógnita, fico com a sensação de que ela, uma sombra debaixo de um guarda-chuva, percorre um traçado prévio, ligando partes da cidade que a chuva separou. Com sua tosse e respiração ofegante. Ao nos levantarmos, sinto pena do Leôncio, que tudo sabe acerca da cidade, mas nada sabe. Na barbearia, ele é um depósito de notícias, de fatos, que armazena em cofre obtuso com zelo de colecionador, sem, contudo, imaginar pra que pode servir tudo isso. Então vem ele pela vida afora desenvolvendo sua habilidade de perguntar.

O Leôncio apoia a mão no parapeito e se levanta de pernas esticadas, pés bem firmes no ladrilho do coreto. Ele parece um pouco ansioso, pelo seu modo de respirar como se fosse sequência de suspiros, um atrás do outro, suspiros sonoros, e porque olha com insistência pra torre da igreja. A torre, seu perfil escuro e esguio, entra por seus olhos adentro, sem qualquer informação de uso: o relógio apenas na lembrança dos dias claros. E então, o padre. O

Leôncio começa a rir muito contido e discreto. Desde minhas lembranças mais antigas, a torre, esta mesma, aí plantada apontando para o céu, uma grande proteção. Padre Ramón também na oitiva do confessionário, mas do lado da gente. Um pigarro seco do Leôncio anuncia que ele vai falar. Então ele já sabe, não é mesmo? Ou vai ficar sabendo. É apenas um fato que dispara em seu pensamento. A semelhança entre seus confessandos, dele e do padre, com essa ele não pode atinar.

Me aproximo do Leôncio até a borda de seu corpo, querendo falar mais baixo, e o perfume de sua cabeça tem o mesmo cheiro da barbearia. Um homem perfumado. Acho que ele não toma banho e disfarça com essas águas. Melhor manter distância mesmo que tenha de falar um pouco mais alto. Começo a explicar que sim, que provavelmente o padre já esteja sabendo, mas que este é um assunto para os maiores, os notáveis da cidade, melhor não comentar nada, principalmente perto de pessoas estranhas ao grupo. O certo mesmo, e minha voz mergulha em água mais profunda, o mais certo é fingir que não se sabe de nada. E o Leôncio continua com o rosto virado pra torre da igreja, protegido, e num lampejo vejo duas lâmpadas boiando nos seus olhos. Do nosso lado, ele cochicha, com a graça de Deus. Cresceu ao abrigo desta mesma torre, o ponto mais alto desta cidade que ele conhece em cada uma de suas nervuras e pela qual é igualmente conhecido. E o Leôncio faz um pelo-sinal muito contrito, cheio de certezas.

Mas é ela que vem de volta, a velha, seu vulto aparecendo na esquina da farmácia, sombra semovente pela aleia diagonal à praça? Aperto o braço do Leôncio e o silêncio no coreto só não é completo por causa do chiado da chuva no chão encharcado da cidade. Os músculos se retesam de tanta prontidão e à espera de que os olhos decifrem uma sombra que se move vindo da mesma esquina por onde, pouco antes, sumiu o guarda-chuva com sua velha. De semblantes pesados e já prontos para agachar-nos por trás da balaustrada, aguardamos a sombra da velha se aproximar. Mas e o guarda-chuva? E são passos decididos de homem, muito marciais. Cochicho a ordem para que a gente se esconda, pois é uma capa de chuva, que anda com extrema rapidez.

Ao pé do banco de granito, debaixo da seringueira, o homem que vinha dentro da capa suspende sua marcha. Ouvi dizer que meu avô mandou botar este banco aí: Casa Figueiredo. Quase de frente para o coreto, o corpo mantém-se parado, mas é possível ver que a cabeça se volta pra um lado e outro, em tarefa mais ou menos aflita de procura, caramba, então até agora ninguém? Ao virar a cabeça, mostra os óculos, que brilham em seu rosto, refletindo a luz do poste mais próximo. É ele, cochicha o Leôncio, de óculos, só pode ser o Laerte. Me levanto e com as mãos na mureta chamo, Laerte, vem pra cá, aqui a gente se protege da chuva. Tenho certeza de que meu cochicho não invade estas casas com suas janelas indevassáveis.

Longe de ser uma formação específica, a sua (menino ainda, atrás do balcão decorando nome de remédios e suas propriedades, preparando mezinhas copiadas de grossos manuais, até o dia em que, morto o patrão, passou a dirigir a farmácia, agora de sua propriedade), mesmo assim seu pensamento há muito vem girando em torno e bem próximo da ciência. Uma das inteligências mais respeitadas de Pouso do Sossego.

Apesar de estar uma noite propícia, algumas pessoas do grupo devem estar protelando para a última hora a saída de casa.

O farmacêutico antes de tudo se assusta ao ouvir minha voz saída do escuro cilíndrico e grosso do coreto, mas raciocina rapidamente e chega à conclusão de que nós mudamos o lugar do encontro por causa da chuva que não é uma surpresa, pois vinha sendo anunciada pela tarde de nuvens grossas e escuras, um vento frio arrepiando os braços da cidade. E, para não revelar-se assustado, primeiro tira um lenço de papel de um maço que traz no bolso, então se assoa com estrépito como se estivesse sozinho no mundo.

Entrando na alameda principal, sem a proteção das copas, o céu sobre a cabeça, Laerte reclina a calva antes de fazer o sinal da cruz, pois se defronta a distância com a porta da igreja. Limpa as lentes dos óculos com os próprios dedos e sorri na direção do coreto, um sorriso claro para minha voz, que ele conhece bem. Então quer dizer que vocês, ele diz à guisa de cumprimento. Quer dizer que vocês. E se aproxima sorrindo e dizendo que então quer dizer que vocês. Em seguida ele penetra numa área de sombra e sobe a escada de sete degraus pisando firme no cimento molhado. Nós o recebemos com efusão e o abraçamos, mas não antes de ele ter tirado a capa de plástico. Ele nunca tira os óculos, e, malicioso, o doutor Murilo costuma dizer que é de tanto ler bula de remédio, sua única formação em medicina. Sei não, em briga deles fico de fora.

Com a chegada do Laerte e os cumprimentos efusivos que se seguiram, nossas palavras ganharam peso e altura, conversalhada. Isto é uma coisa que me incomoda: ficar pedindo silêncio sem ser atendido. E o Laerte, que passou a vida lendo bula, tem a pretensão como cicatriz à mostra: não me respeita. Convidei porque foi uma recomendação do doutor Madeira, e também porque ele, com a presença dele, legaliza o grupo. Com o prestígio que tem, difícil alguém se meter com a gente. Respeitado pela maioria do povo pelo conhecimento de remédios. Uma vez ele me disse que aqui em Pouso do Sossego ninguém era mais feliz do que ele. Não entendi bem o que ele quis dizer com isso, mas notei que seus olhos estavam muito orgulhosos. Algumas pessoas são capazes de jurar que ele entende de doenças mais do que os médicos da cidade. Não acredito. Eu, que me criei com ele, amigo de escola e de rua, não acredito nisso. O ar de grandeza dele começou quando ele ficou com a farmácia. Talvez, não sei, mas acho que é essa a felicidade que notei em seus olhos. Ele andou acertando algumas prescrições e ficou famoso. Pura sorte. E como a fama lhe faz bem à vaidade além de melhorar sua conta no banco, o Laerte não se vexa de manter consultório aberto nos fundos da farmácia, diagnosticando e receitando sem necessidade de receituário. Mas quem se consulta com ele é só esse povo mais pobre, que não tem convênio nem pode pagar consulta de médico diplomado. Os médicos de verdade fingem que não veem a ilegalidade do Laerte, uma prática que é proibida.

De terno e gravata, cochicho com maldade no ouvido do Leôncio, na boca a doçura da vingança. Pra um serviço destes, ele vem de terno e gravata, Leôncio. Contemos o riso contentes com nossa superioridade, e o Leôncio me cutuca a barriga com o cotovelo. Estou tão seu amigo que nem o perfume da barbearia me incomoda. O Laerte começa a falar muito alto e não adianta pedir que seja discreto, pois desde a morte do ex-patrão é esse o uniforme dele: terno e gravata. Um homem importante não pode se vestir como os outros, entende, Osório?, uma vez ele me explicou. Com uma consciência aguda de sua ascensão social, o modo de se vestir tem de ser a face exterior de seu novo estado. Raramente alguém o surpreendeu em mangas de camisa. Ainda mais quando dá consultas: o guarda-pó branco protegendo sua roupa.

O braço esquerdo dobrado, grandioso, Laerte consulta seu relógio de pulso com números fosforescentes: é cedo ainda. Cobre com a capa a mureta, protegendo a roupa limpa, e senta-se bem esportivo no alto da balaustrada, como já estávamos os dois. Se ainda se lembrava do professor Ernesto? Mas e não havia de se lembrar? Ele quis fundar um templo maçom aqui, vocês se lembram? Da farmácia, cansei de ouvir as gargalhadas do doutor Madeira, quando recebia o relatório dos movimentos do Ernesto Bigodinho. Era da maçonaria, não era? Ou não, alguma coisa como Lyons. Ou Rotary. Sei lá. Ele dizia que tinha ligações no mundo todo. O doutor Madeira é quem estava certo, porque no fundo, o que ele era mesmo, era um comunista roxo e disfarçado, querendo dominar nossa cidade. Saiu escorraçado, como cachorro sem dono. Não se despediu de ninguém porque não teve tempo. O caminhão chegou e jogaram os trastes dele pra cima. Ninguém sabe aonde foi parar.

O Leôncio e eu, que já rimos com gosto do destino daquele intruso, conseguimos repetir as risadas, provocadas, agora, pelos enfeites do Laerte, uns detalhes. Acho que já rimos o suficiente, mais calmos agora, eu peço aos dois que tenham mais cuidado com o barulho. Enfim, quem está no comando sou eu. Com esse tempo, Osório? Ninguém a menos de cinquenta metros e as janelas todas fechadas, quem é que vai ouvir alguma coisa?

Uma vez já me disseram que eu sou um ressentido. E acho que sou mesmo. Fazer o quê? Apesar da minha posição entre os conterrâneos, um dos maiores comerciantes da cidade, e mesmo tendo a confiança do doutor Madeira – a força que ele me dá em tudo que acontece aqui, apesar de tudo isso, existe uma corja em volta desta praça, um povo seboso, que não me aceita nem me respeita. Uns idiotas. O Laerte é do círculo esnobe. Eles se chamam de elite. Se duvidar, nenhum deles tem mais dinheiro do que eu. Como este farmacêutico aí. No tempo de colégio, muito lanche eu dividi com ele. De pena. Agora o nariz dele cheira nuvem. O fato, Laerte, (sinto minha voz tremer um pouco) o fato é que eu tenho instruções pra tomar cuidado. Ele está me encarando, muito admirado. Mas você não acha que isso já é um exagero de precaução? O Leôncio se afasta um pouco porque é um assunto entre gente grande. Instrução é instrução, Laerte, então acho melhor a gente conversar mais baixo e pronto. Encerro o assunto com o coração esperneando no meu peito, mas me imponho.

Volta a chuva a chiar agulhadas em nossos ouvidos, que se mantêm mudos já faz algum tempo, à espera de que o sangue volte a circular sem o atropelo da emoção.

É o Leôncio, do outro lado do coreto pra não se envolver em nossa dissensão, quem renova a conversa. E eu me lembro muito bem é do dia em que o circo chegou. Eles estavam armando a lona lá perto da lagoa e uma picape passou pela cidade duzentas vezes anunciando os números deles. Foi numa sexta-feira.

E por falar nisso, Laerte não diminuía o volume de sua voz, ainda hoje me apareceu uma pessoa dizendo que a culpa foi da Lúcia, que ela é quem ficou dando em cima do malabarista.

Torço o corpo e encolho os ombros, olhos espremidos em suas órbitas: o desgosto. Não é bom que a gente fique falando muito desse assunto, vocês não acham? Do Laerte deve-se esperar sempre alguma discordância. Também não é pra tanto, Osório. A cidade anda cheia de conversa e ninguém vai conseguir conter a boataria. Boca do povo ninguém tapa, o povo, quando ele gosta dum assunto. O que me disseram é que já na primeira noite ela escapou da arquibancada e foi esperar na porta dos fundos que o número do rapaz terminasse.

Eu sei que os boatos correm e agitam a cidade toda. Bar e barbearia, porta da igreja, o canto dos aposentados, onde a gente chega é o assunto. Já ouvi por aí essa história que o Laerte acaba de contar, e sei que é apenas uma das versões que andam espalhando. Sei disso, mas sou homem da confiança do doutor Madeira. Verdade, prestem bem atenção, é uma só: o doutor Madeira viajou com a Lúcia porque ela foi estudar nos Estados Unidos. É melhor acreditar nisso, vocês não acham?

Coro I

  Entrar eles podem. E até acampar. Mas isto aqui é uma cidade ordeira. Foi a mensagem que o delegado, ao sair de férias, deixou para o povo do circo.
  O desfile caiu glorioso nas ruas da cidade. De repente. Quando surgiu, no momento em que as pessoas não acreditaram no que viam, o desfile coloria Pouso do Sossego, saído do nada, como os sonhos, a gente fecha os olhos, se distrai, e o mundo já é outro, diferente, um mundo que não acontece todos os dias. Antes uma picape com alto-falante tinha percorrido fazendo estardalhaço quase todas as ruas da cidade, anunciando a chegada do circo, mas como prestar atenção em alto-falantes se era o dia todo aquela gritaria oferecendo ovos e galinhas caipiras, desentupidor de bico de fogão, solda de alumínio e o escambau? Ninguém, além de Leôncio, e da molecada a futricar à toa a vida modorrenta da cidade, percebeu o letreiro com o nome do circo na porta da picape ou prestou atenção ao anúncio das principais atrações, naquela tarde de sexta-feira, como se isso fosse uma coisa impossível, dessas que nem sonhando.
  À frente do cortejo, encabeçando, o caminhão com os palhaços vinha em passo lento exibindo fitas e bandeirolas, todos os enfeites de alegrar a vista. Os humanos eram dois palhaços e uma palhaça, os três executando palhaçadas, com suas bocas brancas de lua minguante. Os moleques, meio assustados, mas sem parar de pular e correr nas calçadas, gritavam suas gritarias e as jogavam para os palhaços, que os ameaçavam com gestos assustadores e caretas horríveis, tropeçando uns nos outros, caindo com as pernas para o alto, agitando a plataforma improvisada na carroceria do caminhão. Ver um palhaço de verdade duma distância tão pouca, isso sim, era a maior alegria do mundo.
  As famílias com pedigree, *no centro da cidade, famílias que não se misturavam com o povinho, apreciavam tudo debruçadas inteiras das janelas escancaradas, no alto, inatingíveis. Algumas pessoas, entretanto, ciosas de sua nobreza, espiavam o cortejo com discreta alegria quase sempre por trás de cortinas de juta ou de* voile.

A periferia vinha invadir o centro comercial para desagrado de comerciantes e pessoas gradas. É mais um exercício de democracia, pensavam doutor Madeira e seus asseclas mais fiéis – os asseclas.

A gritaria dos meninos descalços não excedia a voz do mestre de cerimônias que se empoleirava enfarpelado no banco traseiro de uma picape aberta, alto-falantes na parte de trás e microfone na mão. Depois da picape, vinha o caminhão com a jaula, a primeira. De pé, olhando com tédio para os lados, a juba e seu leão. Ele piscava demorado, de maneira totalmente aborrecida, até que inventou de urrar com voz potente e tornou-se o maior sucesso. Todos chegavam correndo até bem perto do caminhão, esperando que Sua Alteza ferina e jubada os agraciasse com novo e poderoso rugido. Embalde. O leão piscou mais demorado que das vezes anteriores, deu uma volta sobre seu corpo e enroscou-se deitado na rala palha do assoalho de sua jaula.

O sol ainda estava quente, como deve estar numa sexta à tarde com desfile de circo, e os moleques desmanchavam-se em suor feliz.

Vieram outras jaulas de menor interesse. A pé, caminhando atrás das jaulas com seu próprio esforço, passaram um camelo e seu primo distante, o dromedário, que não sabe atravessar desertos, não foi treinado pela mãe natureza para isso. E encerrando o departamento dos animais mais ou menos ferozes, vinha o elefante com seu ar de cansado, a tromba descaída e o aspecto geral de profunda melancolia. Dava a sonolenta impressão de que não sabia bem o que fazia, mas não parava de fazer, que era mover as patas elefantinas, uma depois da outra num ritmo mecânico, sempre igual e sem graça.

Então passaram as variedades esdrúxulas: a mulher de barba, o cabrito de cinco patas, e chegou a comentar-se na cidade que escondida passava uma mula sem cabeça. Ninguém teve acesso ao fenômeno, fato irrelevante, como em toda crença.

Os dois trapezistas formavam um casal de anjos alegres naquelas roupas de cores escandalosas coladas ao corpo sem peso. O homem e a mulher, sorriso exposto, alternavam-se na barra em cima do caminhão, também colorido e todo aberto. Apesar da trepidação, eles ficavam de pé sobre a barra, um cano de ferro, movendo os braços à medida que o caminhão passava pelos buracos, muito equilibrados. Ao passarem pela frente do armazém de Osório, ele veio até a porta e comentou com uma freguesa, Uma coisa destas devia ser proibida, dona Rosalina, proibida, um destes aí ainda cai lá de cima e quebra o pescoço. O casal, que não pôde ouvir o comentário mal-humorado de Osório, continuou sorrindo para o respeitável público, que aplaudia a cada movimento mais arriscado.

Algumas lojas fecharam as portas porque sexta-feira, com sol brilhando e desfile de artistas, é feriado, mesmo sem decreto. Principalmente se participam jaulas com feras, aqueles bichões assustadores, alguns dos quais os antigos juravam haver matado ali mesmo, onde hoje estava plantada sua cidade. Alguma afinidade real existia entre os enjaulados e seus admiradores.

Já bem perto do fim daquele cortejo, sozinha numa plataforma improvisada na carroceria de um caminhão, chegava uma das principais atrações do circo. De calça branca muito justa nas pernas e uma camiseta regata da mesma cor, o malabarista exibia os peitorais salientes e suas mãos exatas no manejo exímio de bolas e argolas. Por cima, por baixo, pela frente e por trás, suas mãos não se enganavam, apesar da quantidade de objetos voando e tornando a voar.

Em frente ao sobrado do doutor Madeira, passando pela parte mais alta da praça, ninguém sabe por quê, o cortejo fez uma pequena pausa. Foi neste instante que Lúcia, até então meio escondida pela cortina, debruçou-se no parapeito da janela de seu quarto. Teodoro não resistiu e deixou que as argolas caíssem para enviar um beijo na ponta dos dedos à súbita aparição de uma fada na janela do sobrado. Ninguém, além de Laerte, viu o gesto do malabarista e a resposta de Lúcia. E mesmo ele, o farmacêutico, só viu de relance, como se lembraria mais tarde, depois dos fatos consumados.

No bar do Ariosto, Camilo, o pedreiro há dois meses sem emprego, saudava os santos com cachaça da boa e despejava o restante na garganta. Tinha conta no bar e pagava quando podia. Ele e o dono do bar conversavam sobre o futuro, ou sua inexistência, quando ouviram a zoeira dos moleques, bando movediço acompanhando o desfile do circo. Cambaleando até a porta, para não perder o espetáculo, Camilo ficou fascinado com os pôneis pouco maiores do que cachorros. Disse que montaria um deles, e, com essa intenção, avançou para o meio da rua, mas tropeçou num moleque que passava correndo, e caiu. Foi Ariosto, com sua voz de fagote, quem evitou que passassem por cima dele.

A cidade quase toda assistiu ao alegre cortejo de artistas e de feras. O centro da cidade, com sua praça abrindo espaço para a igreja, recebeu uma pequena multidão para aplaudir números que apenas prometiam diversão como jamais se tinha visto por ali. A cabeça do desfile, o caminhão com seus três palhaços, já nem se sabia por onde andava, porque ia lá na frente, rumo ao descampado na beira da lagoa, onde se trabalhava erguendo mastros, amarrando cabos, içando a lona. Os adultos apreciavam tudo sem sair do lugar. Apenas os moleques tinham fôlego para percorrer até as ruas esburacadas dos bairros mais pobres, onde a maior algazarra era feita por trás das cercas, com o protesto raivoso da cachorrada que não se conformava com tanta catinga de bicho estranho.

Capítulo 3

Depois de muita insistência, consigo que as palavras se espremam cochichadas, nem tanto, contudo, que os dois vultos não dirijam os passos lentos pela aleia de cacos molhados de pedra justo na direção do coreto. Ignoram o banco do meu avô plantado debaixo da seringueira, onde combinamos – Casa Figueiredo, e seguem o instinto dos ouvidos, na escolha do rumo? Pelo andar trôpego, com as pernas cambotas, de longe o Laerte adivinha. Lá vem o Camilo e o outro só pode ser o Ariosto. Fornecedor e consumidor não se largam, são as duas faces da mesma fachada.

    O Laerte me pega pelo braço pra contar que três dias atrás fez um curativo no Camilo. Não gosto de ninguém segurando meu braço, como se eu fosse fugir pra não escutar a história. A ferida não tinha pressa em desaparecer. Mas que ferida? Ele conta como se a cidade toda tivesse a obrigação de saber que o Camilo tinha uma ferida no braço. O Leôncio me relata, em voz mais baixa, o que tinha acontecido no dia da chegada do circo, aquele tombo que fez a cidade inteira rir. Na primeira semana do circo, ele continua, Camilo assistiu a todas as funções de tipoia pendurada no pescoço: uma esfoladura feia, no antebraço inchado. Ah, e não podia ver os pôneis no picadeiro que não estremecesse no desejo de cavalgar os pequenos. Mesmo sem nenhuma gota de cachaça no corpo, o Camilo insistia querendo montar os pôneis. Aquelas pernas cambaias, sabe, Osório, são pernas de cavaleiro.

Ariosto, por ser proprietário, sobe na frente, seguido das pernas cambotas do Camilo, os dois amigos com os sorrisos individuais que as sombras das árvores escondem, e sorriem de contentamento: eles participam de um grupo seleto. O Camilo, eu não tinha como deixar de incluir no grupo. Uma parte boa do trabalho desta noite vai ser dirigida por ele, sob o juramento de silêncio e a promessa de remuneração. Um trabalhinho assim, hein, Camilo, caiu do céu, hein! E Ariosto, o queixo apoiado na mão, enchia novo cálice. Na minha frente, a festa que eles fizeram.

A iluminação da cidade bate nas nuvens, por baixo, e é um espetáculo feérico inútil, pois ninguém está interessado em levantar os olhos para contemplar um céu baixo, sem vestígio algum de qualquer divindade. As árvores, suas sombras brilhantes, estão paradas como demônios à espreita. Agachados imensos. Ali, ao pé da torre, que, elegante, passa a vida toda apontada para o céu como um pedido de misericórdia.

Por ser o mais próximo de mim, já não sinto mais seu perfume, do Leôncio, ele sente na intimidade de seu corpo de músculos flácidos que compartilha, mesmo que em porção mínima, dos poderes que me cabem. Por isso é quem pergunta de cima para baixo, E onde é que estão as ferramentas? O Camilo sobe os degraus com suas pernas atrás do Ariosto e não espera chegar ao alto para dar resposta. Guardadas onde só eu sei, seu Leôncio. No lugar certo, seu Leôncio, atrás da cadeia. Tudo debaixo da mangueira. Seu Leôncio. O Camilo anda sempre abaixo de si mesmo.

Trocam-se apertos de mão que interrompem a história de Laerte sobre o padre Ramón. Correu com o bispo, são as palavras que ele repete no meio das gargalhadas. Ninguém se mete com ele. Peço que façam mais silêncio inutilmente porque o Ariosto e o Camilo fazem questão de também rir e pedem para este farmacêutico idiota repetir a história. E o Laerte está sofrendo um contentamento quase sem limites, por isso recomeça o caso, desde o momento em que o carro da diocese estacionou atrás da igreja.

A conversa perdeu a vergonha do volume, e mando que todos se calem e fiquem agachados. Olha lá na esquina, meu cochicho repreensivo. Escondidos e quietos que só a respiração se ouve, vemos o guarda-chuva cortando a praça numa diagonal descendente de volta, da esquerda pra direita. A chuva parece não incomodar a velha, que desce muito antiga, como se viesse do início das eras, com a rusticidade de seus passos meio arrastados. E é assim que ela mede com as pernas curtas o território de Pouso do Sossego, parecendo mesmo que se mede passo a passo, as duas nascidas juntas. Em frente à igreja ela para e faz uma reverência que não entendemos. Fetichistas, o padre insultava aos berros do alto do púlpito.

Quem é ela?, o Ariosto, que se orgulha de conhecer todos os habitantes do lugar, pergunta. Nunca vi, confessa em humilhação. É uma dessas que andam por aí, eu explico, ninguém sabe de onde vêm ou se brotam da terra por aqui mesmo. O que sempre se vê é como se nunca se visse. E faço um gesto no interior da sombra, com a mão, em círculo de cento e oitenta graus. Andam por aí. Ninguém presta atenção nelas. É como se fossem a própria cidade. A gente acostuma e não vê mais. Quietos. Parece que ela desconfiou de gente aqui em cima. Está olhando pra cá.

A própria respiração se torna difícil porque silenciosa, mais pela boca, abertura menos barulhenta, nestes casos. A chuva aperta e a velha continua descendo até desaparecer pelo lado esquerdo da igreja. Nos levantamos quase em festa, respirando umidade pela boca, abertura mais larga.

O Ariosto e o Camilo, estes recém-chegados, desandam a rir da história mesmo antes de ouvir qualquer coisa além de padre Ramón e correu com o bispo, pois é um caso que toda a cidade repete há várias décadas como se tivesse acontecido ontem.

Cinco homens em um coreto, isso já é uma multidão. E multidão é fera quase incontrolável. Tenho de tomar muito cuidado pra não perder o controle da situação porque minha autoridade se dilui, eu fico misturado, minha voz não se destaca. Em compensação, o medo e a ansiedade que eu vinha sentindo desde a chegada a esta praça diminuem, pois sou força multiplicada, não estou sozinho neste negócio. A gente é assim: cada um carregando um pedaço da carga, ninguém sente muito peso.

Como é que é a história do padre Ramón e do bispo?, o Ariosto quer ouvir pra sustentar sua risada que já começou. A história do padre Ramón e do bispo, quantas vezes ele mesmo já contou? Ouvir é diferente, tem um preenchimento maior, dá mais vontade de rir. E o Laerte se põe a repetir, então saio de perto porque sinto ganas de tapar a tapa a boca destes cretinos. Daqui a pouco não tem mais janela fechada nesta cidade.

A história que o Laerte está contando dá muito poder ao nosso padre. Tanto poder que ninguém discute sua autoridade. Não tem delegado nem prefeito, não tem ninguém, nem o doutor Madeira, capaz de enfrentar o padre porque qualquer um, com pouco juízo que tenha, quer ficar é do lado do céu.

Do nosso lado, ouço o Leôncio criando prestígio na roda com a força das informações que ele tem. Coisa que eu acabei de falar pra ele, da minha cabeça, mas que me parece verdade, ou torço para que seja, se a gente se lembrar das relações entre o padre Ramón e o povo do sobrado. Saber pode ser que não saiba, no entanto vai ficar sabendo. Ele consegue ler até o que não está escrito. Acredito que fique do nosso lado: o lado certo.

O Leôncio puxa conversa comigo, em distração, e mal respondo, meus ouvidos tentando ouvir a história do Laerte. Sim, juro que vi. O cortejo, ninguém sabe por quê, de repente parou. E o caminhão do malabarista ficou bem na frente do sobrado, e quem é que estava apreciando tudo lá da janela, quem? Ele, o canalha, se perdeu no malabarismo, olhando pra cima. Eu vi e vejo muito bem. De óculos vejo melhor do que vocês. Foi muito rápido, mas tenho certeza de ter visto. O cara jogou um beijo na ponta dos dedos. Eu estava era olhando o bandido, mas de relance deu pra ver que a Lúcia devolveu o beijo na mão aberta.

Peço ao Laerte que não espalhe essa história e ele ri, o cretino. Nos Estados Unidos, entendeu, Laerte, um curso. Quem me informou pessoalmente foi o doutor Madeira, e você, decerto, não vai querer duvidar da palavra dele.

O farmacêutico me pega pelo braço e repete, A cidade toda anda cheia de boatos. Ninguém vai conseguir encolher estas histórias.

Coro II

Quando o mestre de cerimônias, no centro do picadeiro e de microfone em punho, anunciou para o respeitável público, Com vocês, Teodoro Malabar, o maior malabarista do Universo, o ar, no bojo do circo, o interior, parou completamente parado, e iluminou-se com esplendor: um momento quase insuportável. O coração, sem nenhum controle, dava pancadas absurdas nos ouvidos porque era ele que acabava de entrar muito atleta com seu corpo flexível por baixo daquela mesma roupa branca do desfile inaugural. Sufocada de alegria, Lúcia agarrou-se com mão trêmula na cadeira pensando que fosse desmaiar.

Não desmaiou, como tinha chegado a desejar. Em lugar disso, começou a deslumbrar-se. Três bolinhas voavam em cascata, no início, exercício de competência parca, executado até por garotos da cidade. Alguns. Era o começo de uma decepção? Aquilo não correspondia ao garbo com que Lúcia o vira entrar no picadeiro. Em seguida, contudo, sua assistente (coberta por um conjunto de veludo azul exageradamente curto, onde já se viu?, e equilibrando na cabeça um alto chapéu dourado com alamares também azuis) lhe entregou mais duas bolinhas, e agora já não havia olhos que acompanhassem os movimentos das mãos e o voo das bolinhas coloridas. Alguma coisa de mágico acontecia. Foi o início dos aplausos. E Lúcia estrepitou suas palmas até ser descoberta na primeira fila da arquibancada. O deslumbre. Ali, ao alcance de seu braço, um deus que lhe surgia do nada. E agora para lhe facilitar o pensamento, além de um corpo ele era um nome: Teodoro.

Os olhos de Lúcia não queriam mais piscar, ocupados quentes em capturar até os movimentos mais insignificantes, os mínimos detalhes da imagem de Teodoro. Mas sua pulsação alterou-se, mesmo, o coração em completo descontrole, foi quando se sentiu observada pelo malabarista. Depois de percorrer com os olhos a arquibancada toda, Teodoro a descobriu ali, na primeira fila. Era aquela menina da sacada quem mais aplaudia. Depois de receber pelo ar as cinco argolas, aproximou-se até a beira da mureta e continuou jogando-as *pra cima, pegando por trás, por baixo das pernas, por cima da cabeça, tudo isso sem tirar os olhos de Lúcia. O número estava sendo dedicado a ela, e Lúcia bem que entendia a intenção de Teodoro. Ah, só para ela. Por isso a filha do doutor Madeira perdeu o controle sobre o ritmo da respiração, e suas mãos, sua testa, seu corpo todo puseram-se a transpirar.*

O corpo suado de Lúcia, naquele momento, revelava a transformação por que desde a véspera ela vinha passando. Era um desequilíbrio, esse seu desejo, a exigir-lhe um passo para o desconhecido, a aventura, rompendo com os valores da família e das pessoas de seu convívio, rompendo com o ar poluído e sufocante da cidade. Uma vertigem? Não conseguia imaginar os caminhos por onde teria de passar, mas isso era o futuro, e Lúcia mal conseguia perceber alguma coisa do presente. Era, sim, era uma vertigem, e ela desejava afundar-se naquela sensação desconhecida. Pura, impura, limpa ou suja, certa ou errada, palavras apenas, e de palavras ela não queria mais saber, se o corpo, tão saudável até ontem, agora latejava imperioso, exigindo o que lhe queriam negar.

Ninguém notou o desaparecimento de Lúcia, quando ela desapareceu, pois no início foi tão somente um desaparecimento de si, como num desfalecimento, aquela emoção desconhecida. Teodoro tinha feito a cascata com três bolinhas e foi aplaudido. Sua reverência, como ele agradeceu pelos aplausos, os olhos com que enfrentou a alegria, seu sorriso, foi tudo na direção de Lúcia, para ela. Em seguida, a assistente trouxe-lhe as argolas, com que ele deslumbrou a plateia por sua agilidade e exatidão de movimentos. As quatro claves, soltas no ar, provocaram gritos de entusiasmo. Então o momento supremo: Teodoro tentaria igualar o recorde mundial – cascata com treze bolinhas – o anúncio do alto-falante. A ansiedade sufocava Lúcia, que resolveu desaparecer. Se ele fracassasse, seria insuportável o sofrimento, por isso carregou-se para fora, levando consigo um coração descontrolado.

Palhaços, domador, trapezistas passavam com ruído apressado pelo corredor: o espetáculo chegava ao fim. Falavam alto e riam, pois tiveram casa lotada, os números tinham sido aplaudidos, imprevisto nenhum tinha penetrado por baixo da lona para atrapalhar.

Escondida pela agitação geral dos bastidores e plantada numa lagoa de sombra atrás de uma porta, Lúcia ouviu os aplausos finais, demorados e frenéticos. Talvez um pouco violentos. Jamais se vira nada igual em Pouso do Sossego. Nada igual, repetiram seus olhos piscando de malícia.

De seu esconderijo à sombra atrás de uma porta, a filha do doutor Madeira podia observar uma faixa estreita do picadeiro e viu quando Teodoro – o rosto iluminado por suor e aplausos – invadiu o corredor ensombreado. Trêmula de corpo inteiro, ela esperou que o malabarista se aproximasse para dar então dois passos e se atravessar em sua frente. Assim, de perto, ele era mais do que um sonho, uma coisa grandiosa; era seu desmaio, a vertigem que voltava. Tentou dizer. Era imperioso que dissesse, mas a voz era pasta quente e grossa: lenta. Por fim, os dentes batendo descontrolados, conseguiu dizer: Teodoro.

A surpresa do malabarista, por exagero, tinha alguma coisa de fingimento, parecendo que já esperava por aquele encontro, não como escolha sua ou dela, mas como desfecho necessário ao incidente da tarde anterior, que tanto o tinha impressionado.

Os dois, de olhos colados, deixaram-se atropelar pela pressa de funcionários em fim de expediente. Foi um empurrão pelas costas que espantou a dormência de Lúcia, que, finalmente, com voz pálida conseguiu dizer, Preciso falar com você. Teodoro pegou com suas mãos ágeis as frágeis mãos da garota para que ela não fosse carregada no atropelo dos funcionários. Pois então fale. O corpo de Lúcia por fim superava o excesso de emoção que o deixara trêmulo. Não, aqui não. Na frente deste povo todo, não.

Mais tarde era uma noite de sábado entrando pela janela do sobrado e Lúcia, de olhos muito abertos, via o céu piscando cheio de estrelas. Seus olhos muito abertos, estes não piscavam, revendo cada um dos gestos, como se pudessem ouvir cada uma das palavras que trocaram no corredor. Seus olhos não piscavam era de tanta certeza. Muito cansado, e domingo, três sessões. Precisava do corpo inteiro sem um mínimo descuido. Mas na segunda, então. Às nove da manhã.

Capítulo 4

Cinco homens num coreto, cercados por chuva de todos os lados, como estamos, difícil evitar que descambe a conversalhada. Faço o que posso para manter a turma nos limites da segurança, mas não posso tudo. Este Laerte se julga uma grande coisa porque ficou com a farmácia e tem muita gente aqui em Pouso do Sossego chamando ele de doutor. Coitado, não estudou nem um ano mais do que eu. Existe muita ignorância no mundo. O espertalhão aproveita.

    O Laerte termina de contar a história do padre, no alto da escadaria, trovejando pragas e maldições contra o bispo, que acreditou nas intrigas de dois ou três ressentidos, os fiéis infiéis. O carro tinha sumido na outra esquina, a de lá da direita, descendo, e o padre Ramón continuava gritando enfurecido. Quando chega no padre Ramón continuava gritando enfurecido, a plateia do Laerte, estes três idiotas aí, rugem com estrondo suas risadas. E eu, que não consigo mais reprimir o barulho deles, solto minhas gargalhadas também. Só de imaginar a cara vermelha do padre, lá no alto, trovejando contra um superior. Até palavrão pela escada rolando. Pelo menos é assim que se ouve a história. Nesta cidade, quem é que nunca ouviu isso? É o jeito de contar, e este Laerte aí, ninguém igual a ele com as palavras pulando pra fora da boca.

    Nosso barulho misturado ao rumorejo da chuva não tem muito destaque, eles têm razão, estes caras, mesmo assim chamo a atenção dos companheiros, Olhem lá, alguém correndo pensando que não vai se molhar. Sei que não é a velha porque não tem guarda-chuva e corre como homem, as pernas firmes, passadas longas fazendo eco nas paredes da igreja, subindo pela torre na direção do céu. Quem será? Ficamos olhando com nossa concentração no olhar, em silêncio. E essa, agora, ele escorrega e cai. De corpo inteiro estirado debaixo da chuva. E demora a se levantar. Ficamos quietos e desconfiados.

    Por fim, antes de qualquer reação nossa, o quem quer que seja levanta sua sombra do chão e corre outra vez sem fazer parada no banco de granito do meu avô, vindo, pelo jeito, abrigar-se aqui no coreto.

    Muito recuperado do tombo, o Toninho voa por cima dos degraus para o grande susto: dá uma trombada no Laerte, que ainda não tinha saído do centro do coreto, seu lugar de contar história. O Toninho despeja um grito agudo de medo porque ele já vinha pensando na tarefa desta noite, e ele, um coração fraco de tanto medo, não sabe como é que as águas correm por baixo desta cidade. Ele, um bom mecânico, com todo o entendimento de motor, é capaz de pedir a bênção até pra soldado raso.

    O coro das gargalhadas, como um revoo de gralhas, desta vez vai passando pelas copas mais altas e voando acima das nuvens que se desmancham sem descanso. A gente não evita o riso forte quando vê alguém se atrapalhar com inferioridade. Isso é assim mesmo. Só não rimos no instante da queda porque ainda não se sabia quem vinha dentro daquela sombra. Mas de um Toninho como este, mesmo se machucando, numa tal hora a gente ri com toda vontade o riso preso, a vontade de alegria.

O Toninho bate com as duas mãos na roupa molhada pensando que se enxuga e senta na mureta como alguns outros, estes aí. Seu cochicho sai ciciado porque estamos quase na frente da igreja e ele fala como se a casa de Deus tivesse ouvidos. O padre Ramón está sabendo de alguma coisa? O Laerte, principalmente, que não paga dízimo e pouco respeita o padre, responde rindo, Este velho maníaco não tem nada com nossos negócios, Toninho. O Leôncio assume um pedaço da conversa e me repete, dizendo que saber ele ainda não sabe, mas vai ficar do nosso lado quando souber. Eu sinto o alívio na voz do Toninho que comenta: Ah!

E esta Lúcia, hein? é a pergunta que meus olhos acostumados ao escuro leem nos rostos de todos e que o recém-chegado faz a esmo, uma pergunta num coreto cercado de chuva por todos os lados. Uma resposta como se deve, como já dei antes, é a explicação que os outros estão esperando, todos tentando adivinhar minhas palavras. Um Toninho merece explicação? Ele nem devia ter feito a pergunta. Só por ter perguntado já sei o que o idiota deve estar pensando. Faço um instante de suspense, gozando por antecipação a surpresa desta cambada com o modo como enrolo este coitado aí. Quem é que não conhece as intimidades do Toninho na casa do doutor Murilo? O pigarro é um pouco forçado para que se preparem com toda a atenção exposta nas fisionomias. E por falar em Lúcia, como é que vai a Sueli do doutor Murilo? Faz tempo que a gente não tem notícias dela, hein, Toninho, muito tempo, eu insisto sem deixar que ele desencaminhe o pensamento da trilha que para ele eu traço, muito tempo, desde, bem, desde não me lembro mais a última vez que veio visitar os pais, não é mesmo?

O Toninho esquece a pergunta e começa a explicar o que sabe a respeito da Sueli, uma história que a família espalha e em que ninguém acredita. Ouvimos porque ouvir história é nosso vício e nosso gozo, principalmente quando parece existir alguma indecência nos motivos, qualquer traço tenebroso. Peço pra ele falar mais baixo, que aqui ninguém é surdo, e ele repete o que nossos ouvidos já sabem há muitos anos, que a Sueli foi estudar numa universidade da capital e por lá foi ficando, porque engenharia mecânica, aqui em Pouso do Sossego, vocês sabem muito bem que não dá futuro a profissional nenhum.

Termine sua história, Toninho, conte o resto, que ela, depois de respirar fora daqui não aguenta mais esta cidade, não foi o que ela disse pra Lúcia?, que o povo daqui é muito idiota e não suporta mais conversar com gente ignorante como nós, não foi isso que ela andou dizendo? O Toninho não teve como negar, pois é uma coisa que toda gente sabe. Então eu dei minha opinião, que é a mesma de todos neste coreto. Alguma coisa suja ela andou fazendo. Lá onde ela mora ou por aqui mesmo. Ela tem é medo de ser descoberta, hein, Toninho!

Esse assunto é um dos poucos em que o Laerte e eu concordamos. O doutor Murilo diz que o conhecimento deste farmacêutico aí é só de bula de remédio, que usa óculos de tanto ler aquelas letrinhas miúdas. O Laerte não gosta do médico e conta horrores da Sueli, fatos que nem se pode saber se verdadeiros ou inventados.

Ela já saiu daqui grávida, Toninho, com barriga de cinco meses, seu Toninho. E eu sei o que eu digo. De cinco meses.

Até sinto pena deste Toninho, um coitado, que não deve nada e tem de pagar pelo amigo dele. Mas era preciso desviar o assunto, que já anda difícil de controlar. Agora ficamos trocando pigarros, pensando sem falar. Então vejo o guarda-chuva cobrindo a tosse que aparece do lado da igreja e vem subindo outra vez na direção da rua principal. Como se a gente tivesse ensaiado: todo mundo de cócoras, até o Toninho, por nos imitar, mesmo sem saber por quê.

Capítulo 5

A velha esta aí desconhece uma verdade tão simples: andando com os pés arranhando o caminho, as pessoas não devem sair à noite, e principalmente em noite de chuva. Ela sobe com dificuldade como se diminuísse de altura a cada passo. O guarda-chuva mais perto do chão. A noite foi dada ao homem como esconderijo, quando se faz o que não deve ser visto. Mas o que pode fazer de condenável uma velha como ela com seu guarda-chuva sobre a cabeça?

A velha some na esquina da farmácia do Laerte e o povo começa a falar, todos ao mesmo tempo, querendo saber quem arrasta assim os pés nas pedras da alameda numa noite de chuva, véspera da meia-noite. O medo aumenta o volume das vozes e sou obrigado a pedir outra vez que tomem mais cuidado. A chuva está muito fracassada e até a cara da lua de vez em quando se mostra.

A torre da igreja começa a badalar a meia-noite e sem ensaio pulamos todos para o ladrilho do coreto. Bom, gente, chegou a nossa hora. Sinto frio na barriga, um enjoo, quase uma véspera de vômito, a náusea, pois não temos razão nenhuma para continuar à espera. E os outros?, o Leôncio quer saber. Ele chega perto de mim e sinto outra vez o perfume que seu corpo exala. Meu desconforto aumenta e tenho pressa de sair deste coreto. Hora é hora, Leôncio. Os outros, bem, não posso fazer nada. Vamos embora.

O frio na barriga me parece de todos, parados na minha frente com muita dificuldade para mover as pernas. A ansiedade priva a boca dos movimentos da conversação. Meus companheiros, quietos, me olham com olhos que, no escuro, adivinho arregalados e pasmos. Meus companheiros. Sinto o suor nas mãos, que enxugo nas calças. Com o corpo fecho a saída do coreto e, com voz trêmula, meio desmaiada, dou a instrução: sem bando na rua: chama a atenção. Descemos de dois em dois. Sim, confirmo, atrás da delegacia, entrando pelo portão da chácara. Nem todos sabem a natureza da tarefa. Informo com poucas palavras, sem muito detalhe.

Não termino de descer os degraus de cimento, aparecem os quatro que estavam faltando. O passo deles é largo e rápido como se estivessem no caminho de uma guerra em noite de chuva. Paro, esperando, e o grupo todo fica preso atrás de mim.

Perdemos algum tempo com os abraços. O cunhado do Leôncio, o Altemar, também veio. É um reforço. Fiscal licenciado da prefeitura, na função atual de vereador. Olhando aqui de cima da escada, vejo quase todos meio parentes. Peço silêncio para explicar tudo outra vez. Que devem descer de dois em dois, sem falar, de preferência; que o ponto de encontro vai ser atrás da delegacia, entrando por aquele portão da chácara, ali ao lado. A tarefa?, bem a tarefa vai ser um castigo mais que merecido a um canalha. Se eles ainda não perceberam o que nos espera, também não merecem ficar sabendo antes da hora. E completo minha fala: esta noite, depois de tudo pronto, não vai mais existir na cabeça de nenhum de vocês, entendido? Nem esposa nem ninguém. À meia-noite estavam todos vocês no segundo sono. Falo da irmandade que somos nós e de nossos segredos.

Escolho a primeira dupla. O Ariosto e o Camilo já conhecem o lugar e sabem o que vamos fazer, por isso eles são os primeiros a sair em silêncio. Quando já estão pra sumir na esquina, mando mais dois. Assim vamos mantendo uma distância de uns cem metros entre cada grupo.

A chuva começa a rumorejar na rua e nas copas das árvores, por isso nossos passos acelerados nos carregam depressa. O movimento me põe um pouco melhor do estômago. Talvez a água escorrendo pelo rosto me lave do suor e de todos os pecados. Já estamos, o Leôncio e eu, perto do portão da chácara quando o relógio da torre avisa os primeiros quinze minutos do dia seguinte: um domingo.

O portão está meio aberto, como sempre, e passamos sem fazer barulho. Pelos meus cálculos, o cabo já anda longe daqui. Acho que vou pegar um resfriado. Isso é que não pode, de jeito nenhum. A droga desta luz não desce até o chão, pronto, pisei dentro duma lagoa. Sapato molhado. Estou gostando do silêncio. O Leôncio vem atrás de mim e não tenho tempo de avisar que enfiei os dois pés numa lagoa. Ele geme de boca fechada, um grunhido de porco, mas também é só.

Estão todos nos esperando debaixo da mangueira. Aqui quase não chove. Uns pingos só, uns pingos grandes, mas muito esparsos. O Camilo já está com as ferramentas na mão. Ele que levantou estas paredes, como está escuro isto aqui, ninguém melhor do que ele pra escolher o ponto exato. Ele me vê e se adianta. Parece com pressa. Todos devem estar com pressa, porque agora eles já sabem qual é nossa missão. O Laerte me pergunta pelo cabo e respondo que a esta hora está muito longe. Vai demorar sua volta, fique sossegado. Ele não acredita logo. O Laerte. Como é que você sabe?, uma pergunta jogada contra mim, pesada, de quem não me respeita. Eu podia não ter convidado este farmacêutico imbecil, mas preciso dele comprometido com a gente. Nesta história toda ele sai tão culpado como qualquer um de nós. Só digo que tudo foi planejado por mim. Pode acreditar: ele ainda vai ficar muito tempo atrapalhado no meio daquela gente na beira da estrada.

Somos dez homens, nosso grupo, mirando com olhos acesos o rosto do Camilo, todos dez com os lábios apertados impedindo a fuga de qualquer som. Passo a vista pelos companheiros e reconheço que somos almas boas, formadas ao pé da cruz, por isso o pasmo que mais adivinho do que vejo no rosto de meus companheiros. Não existe alegria numa execução como esta. Não somos bandidos, mas exigimos justiça. Não sei se a umidade nas palmas de minhas mãos é da chuva ou do suor. Sinto apenas que estão molhadas e tenho a impressão de que exalam um cheiro muito ruim e forte.

O Camilo me olha muito alheio e um tanto pedreiro. Ele não se perturba com o que vai acontecer. O Camilo jurou que não abre jamais a boca, mas entra apenas com seus conhecimentos profissionais. Sua consciência a uma hora destas está na cama, luz apagada, sono de poucos sonhos.

Bom, e minha voz se mistura a um pigarro incômodo, o Ariosto vem com a gente, o resto fica aqui esperando. São quinze passos medidos até a parede dos fundos, onde nem janela. O Camilo olha a parede do chão ao beiral, passa a mão aberta num amplo arco, não sei se sentindo a textura do reboco ou afagando obra sua de muitos anos atrás. Dá um passo pra frente e cochicha, É aqui. E aponta para o lugar por onde acha que deve começar.

Minha voz é pouco mais que um sopro. É toda sua. E ele cospe nas mãos para empunhar o cabo da marreta.

Coro III

    A terça-feira, apesar da chuva, assistiu com assombro à chegada de um camburão preto e branco. Já no fim de uma terça plena, as lojas da rua principal começavam a trancar-se por dentro para dormir quando se viu a multidão pisando com pés rápidos na direção da baixada, onde o cabo e um soldado aguardavam em posição de sentido, solenes suados na frente da delegacia: todos queriam ver com os próprios olhos. Aquilo.

    Leôncio estava sentado na cadeira dos fregueses, descansando as pernas e apreciando o chuvisqueiro que aumentava e diminuía ali, na sua frente, sem explicação de convencer. Quando ouviu o rumor de palavras em multidão e o ruído de muitos sapatos batendo ao mesmo tempo na calçada, deu um pulo, fechou a barbearia e foi para a rua principal misturar-se ao povo. Ele já sabia o que estava por acontecer. Toda a cidade já sabia. Os segredos são mais rápidos que as outras notícias. São mais leves e pairam acima, no ar, para serem vistos por todos. Além disso, eles contêm um sabor picante, sobretudo quando envolvidos em algum escândalo: a alegria do povo.

    E o camburão a caminho de Pouso do Sossego era segredo. Segredo fechado, assunto que não se comenta com desconhecido nem na frente de pessoas altas de tanta importância. Por isso mesmo, por ser segredo envolvendo escândalo, desde as três horas da tarde havia gente com os olhos pendurados das janelas, gente no bar da baixada tomando refrigerante como pretexto para esperar ali, bem na frente. De um lado da calçada, à porta de uma loja, alguém perguntava gritando se já chegou, para ouvir uma resposta que não se sabia de onde vinha informando que ainda não.

    No sábado anterior, à noite, Lúcia mentiu que iria ao circo na companhia de um casal conhecido. E foi ao circo, mas sozinha. Escolheu lugar dos mais escondidos e esperou. Foi assim o combinado. Ao terminar o número de malabarismo, bem no meio dos aplausos, ela saiu de passo muito sorrateiro, pisando leve com pés miúdos e rodeou a tenda até os fundos, onde ficou à espera de Teodoro. Seu coração? No maior atropelo, e ela suava como se estivesse deságuando pelo corpo todo, devagar, na medida de seu medo. Mas era ela mulher de escolher para marido qualquer pouso-sosseguense e ficar ali parada à espera da velhice? Então empurrava o medo para baixo, socado sob seus pés miúdos. Na mão, apenas uma valise.

Laerte, o farmacêutico, voltava do xadrez, em casa de seu compadre Fernando, quando percebeu um movimento fora de uso para hora tão avançada no sobrado do doutor Madeira. Luzes acesas, em plena iluminação de salas e quartos, carros que saíam queimando pneu, outros que paravam arrastando as rodas, vozerio, cabeças que passavam pelas janelas. Doença em casa, ele pensou e não trocou de roupa por algum tempo, pois era assunto a terminar em suas mãos. Esperou na cozinha, conversando com a esposa e tomando um copo de leite quente. O ouvido de prontidão, muito alerta.

Bem tarde resolveu dormir, escondendo da esposa uma ponta de ressentimento por não ter sido procurado.

Na manhã de domingo, principalmente depois da missa, a cidade, da Vila da Palha até a praça da Matriz, comentava o desaparecimento de Lúcia, que não tinha voltado do circo. A polícia local, o cabo e o praça, que se moviam geralmente de bicicleta, passaram um pedaço da noite de sábado para domingo rodando de carro pelas estradas da vizinhança à cata de notícias. Enquanto isso, o delegado na praia, de férias, e o escrivão não trabalhava além das horas de seu expediente.

Só à tarde, ninguém sabia exatamente a que hora, um telefonema dava a informação. Fora vista em um restaurante de beira de estrada. Em sua companhia, um jovem atlético, bem formado de corpo e rosto, exibindo um sorriso de quem acaba de ganhar o primeiro prêmio da loteria.

A perseguição virou o domingo e a segunda, errando caminhos, retornando, buscando informações, seguindo pistas: algumas falsas (pois todos querem ajudar, até mesmo quem nada sabe) e outras verdadeiras. Sem resultado algum.

Na terça-feira, por volta do meio-dia, uma ligação da delegacia de Porto Cabelo finalmente anunciava a prisão das pessoas descritas pela Delegacia Regional. Um camburão, logo mais, sairia com o casal prisioneiro: ele, um funcionário de circo; ela, de menor idade, estudante, residente e domiciliada na sede do município de Pouso do Sossego. Ambos desarvorados, sem um rumo definido: destino incerto.

O camburão parou na frente da delegacia e debaixo de um silêncio muito forte. Até a respiração. Leôncio, que de toda aquela multidão era quem mais próximo vivia do doutor Madeira (uma vez por mês entrava no sobrado para a tosa da família inteira), sofreu dois segundos de um delíquio passageiro mas intenso. Quando voltou a respirar o necessário para manter-se alerta, os olhos, muito abertos, viram uns policiais desconhecidos e com estatura bem apropriada à profissão descendo pelas duas portas da cabine. Eles, os policiais ditos visitantes, vinham de longe, talvez da Delegacia Regional, e sentiam-se crescer de importância com todos aqueles olhos fixos neles. Seus gestos, lentos porém firmes, encantaram o povo de Pouso do Sossego, acostumado a um cabo e um praça dali mesmo, o primeiro com família antiga na cidade, e o soldado surgido do mundo, ninguém sabendo de onde. Eles, por certo, nunca que em suas vidas haviam transportado dois prisioneiros em um camburão. A inveja, entretanto, era um sentimento silencioso que não atenuava o respeito cheio de admiração. Um espetáculo, ver os dois caminhando na direção da traseira daquela viatura, uma coisa de cinema. E o aumento de intensidade do chuvisqueiro nem foi percebido pelos pouso-sosseguenses. Eles queriam ver o que sairia daquele corpo fechado como um mistério, e não havia força no mundo com competência para removê-los dali. De alguns, minoria insignificante, o maior gosto seria ver a filha do doutor Madeira, o poderoso, descendo de um camburão. Então, sim, então o orgulho daquela gente do sobrado ia se arrastar como pano de chão.

A noite caía mais cedo por causa das nuvens. O dia, o dia já tinha sido mais escuro do que um dia de sol. Dia encolhido. Quem por ali almejava de corpo inteiro, a ponto de tremer de frio, que a noite escondesse do povo a vergonha de seus conhecidos era Leôncio. Ele olhava em volta com rapidez e não podia entender como tanta gente dissesse as blasfêmias que sem querer ouvia. Quando um dos policiais enfiou a mão na maçaneta da porta traseira do camburão e a torceu para baixo, Leôncio escorou seu ombro um tanto estreito na parede do bar com a sensação firme de que iria cair.

Capítulo 6

A marreta sibila no ar encharcado e espanca a parede nos fundos da delegacia com extrema violência, como um trovão, coisa vinda do céu, e o prédio todo estremece, parecendo que vai desabar. Sinto por dentro, a pancada, como se tivesse acontecido na boca do meu estômago. Um desastre físico. Não penso no que vem depois, me dá ânsia de vômito, pensar no que vai acontecer. Dou um pulo pra trás, puro instinto, o reflexo muito agudo por causa do medo. Minha boca aberta conhece o gosto de fragmentos de reboco. Cuspo. Com raiva, Pô, mas o que foi isso?! Debaixo da mangueira eles começam, todos eles, um riso que, pra mim, é de puro nervoso. Faço gesto com a mão para que parem, mas não param, acho que não me enxergam, eu também na sombra do prédio, só de perto. Então tenho de chegar junto deles e cochichar, pelo amor de Deus, vocês ainda acabam denunciando a gente. E o estouro, hein, na parede, coisa como um trovão, a ressonância no oco, o eco, e o prédio todo estremecendo como se tivesse tomado uma ferroada. Concordo que sim, Mas vocês precisam fazer mais silêncio.

Volto pra perto do Camilo, marreta na mão esperando ordem. Estes aí, debaixo da mangueira, são todos gente da minha confiança. O Laerte que não, o Laerte veio mais por sugestão do doutor Madeira, coisas de prestígio, o farmacêutico. Os outros tenho na mão. Ao se despedir, na sala do sobrado, ele me disse com voz baixa e dura, Vê lá, hein, seu Osório, não vá me arranjar confusão. Faça a coisa benfeita, com gente de confiança, porque os tempos já não são como antigamente. Esta merda de democracia é uma praga. Aqui no município eu me garanto, seu Osório, mas existem instâncias, hein, e um cretino qualquer pode furar o bloqueio e chegar até a capital. Não deixo de ter alguma influência também por lá, mas é um jogo complicado. Existe posição, oposição, sabe, jornal a favor e jornal contra. É tudo muito complicado. Então por favor, seu Osório, faça a coisa benfeita, sem deixar o rabo pra fora da porta. Que eu vou levar a menina. A gente tem parente longe daqui. Antes damos umas voltas pelos Estados Unidos e trago alguns presentes. Você não vai ser esquecido, ouviu? Uns presentinhos. Só umas lembranças, sabe, a menina vai ficar estudando nos States. Ele disse aquilo e me piscou um olho muito íntimo. Ele mesmo, o doutor Madeira, a maior consideração por mim. Que eu só trouxesse gente da minha inteira confiança.

Muitas vezes fico tentando descobrir como funciona a humanidade. Aqui o Camilo, marreta na mão. Ele tem a força do braço e conhece o lugar que deve ser atingido. Ele sabe derrubar uma parede melhor do que eu. Mesmo assim, dono do conhecimento, fica esperando que eu lhe dê a ordem. Com a tranquilidade de um hipopótamo o Camilo pode esmagar minha cabeça resguardado em sua couraça escura. Tem a força com que se produz a destruição. Poderia até ter a vontade de me destruir, no entanto, falta alguma coisa, que não sei direito se é a vontade. Ou a coragem. O fato é que está muito mais perto de me proteger do que de acabar comigo. Então ele obedece às minhas ordens. Deste grupo todo, só o Laerte, que me aparece de terno e gravata num serviço destes, se esquece de que crescemos juntos e acha que é mais do que médico, só ele não espera ordem minha. Um pouco de ciúme, quem sabe, e o doutor Madeira, quando o caso é de medicina, procura mesmo é o doutor Murilo. Não se inspira em bons exemplos, este Laerte, que estragou os olhos lendo bula com letra sem tamanho bom pra leitura. Ele. Tem suas birras, como quase toda gente tem. Das minhas eu cuido e sem muita queixa. Mas este besta do Camilo está esperando o quê?

Existe o visível e o invisível. A dificuldade de entendimento da maioria das pessoas é com o que existe e não se vê. É uma forma sem nitidez, em mudança, como uma fumaça escalando o espaço, dançando e se contorcendo. Minha autoridade é que faz o Camilo continuar estourando a marreta na parede, o estrondo cada vez menor. Isso é um poder. Cada um tem o seu. Sobre alguém. O doutor Madeira tem um poder maior do que o meu, pois ele quer e eu faço. Pra ele sou assim como o Camilo é pra mim. Mas ele também tem seus receios, não pode fazer tudo o que tem vontade. E isso por causa da capital, ele disse. Os jornais e os políticos, a brigalhada. Então decerto ele também tem alguém que pode mais do que ele. Mas onde isso vai parar? E o padre Ramón, uns anos atrás, não deu um corridão no bispo? Pois é. Aí eu já acho que embolou a ideia, porque o bispo, decerto, manda mais que o padre. Se a gente procura uma lógica na direção da vida, não dá pra entender nada. Eu sei: tudo é o poder, e poder não se consegue definir. Eu não consigo.

Eu ainda não tinha reparado que não está mais chovendo. E não está. Agora percebo melhor as formas reveladas pela claridade da lua, solta em seu reino, cercada de estrelas. Tudo que pode ser bom é porque também pode ser ruim. Trabalhar sem água descendo do céu é bom, mas em noite sem chuva há mais gente na rua. E nós ainda estamos aqui, tentando abrir um buraco nesta parede. O ar está mais fino e mais claro, as árvores reapareceram por baixo da lua. Sinto um pouco de medo: o barulho que o Camilo fez.

Esta ideia de arrombar por trás, não foi meio idiota? Não sei por que achei que seria a melhor maneira de chegar até o desgraçado. O doutor Madeira me disse que não confia muito nesse cabo, que já andou metido com bandido, antes de virar crente. Melhor ele tivesse conseguido a remoção do infeliz. Numa hora destas, eu?, mas tudo aqui depende de mim? Muito mais fácil: um cabo da inteira confiança do doutor Madeira. Eu acho. O prefeito, nem se fala, só falta pedir a bênção na frente de todo mundo. No resguardo das vistas, dentro da sala grande do sobrado, dizem que beija as costas da mão do doutor. Sua cria. Que sem a opinião dele, não faz coisa nenhuma.

Em todos os casos, vou até o grupo debaixo da mangueira. Saber do que estão reclamando. É o sogro do Toninho, este velho sem nome. Nunca me lembro. Ele, o velho me encara ansioso e diz que está tudo demorando demais. Que ele, com seus próprios braços duros de velhice, já tinha botado o prédio inteiro da delegacia no chão.

Peço um pouquinho mais de paciência. O serviço não vai demorar. E se for preciso, digo assim, Se for preciso, eu chamo o senhor.

Coro IV

Só mesmo Lúcia, ela só, em Pouso do Sossego, para ter a coragem de aparecer em público na companhia de Sueli. Filha de quem era, pairava acima da opinião alheia, soberana, livre das preocupações desse gênero. Sentadas num banco de granito, na praça da Matriz, escandalizavam quanta gente passasse pela rua principal ou viesse descansar à sombra das seringueiras. No coreto, em frente, a garotada subia e descia escada, escalava a mureta, brincava muito de rir olhando para as duas e adivinhando desde cedo os venenos humanos: histórias que ainda não entendiam bem.

A filha do doutor Murilo soltou dos pulmões cheios uma gargalhada em catarata como jamais moça fina qualquer em Pouso do Sossego ousaria soltar. Tinha acabado de ouvir a história espalhada por Laerte e reproduzida com enfeites verdadeiros por Lúcia. A cidade toda agora sabia da boca do farmacêutico que Sueli fugira do lugar para esconder uma gravidez de cinco meses. Um grupo de rapazes cortou a praça perpendicularmente e engoliu com olhos gulosos as duas amigas, que não conseguiam parar de rir. Todos eles iam passando com o rosto voltado para elas, e Sueli inventou um sorriso sedutor e os cumprimentou. Sem responder ao cumprimento, os rapazes viraram o rosto para frente e aceleraram seus passos de medo.

– E você acha, Lúcia, que eu ia ficar a vida inteira esperando a velhice com as agulhas de tricô na mão e amarrada a um cara desses aí? Esse Laerte é tão estúpido que não cabe na cabeça dele que a Sueli, aqui, não ia entregar sua virgindade a qualquer filho da terra. Eu não nasci pra isso, amiga, não tem o menor cabimento o boato dele. Saí daqui virgem, minha filha. Inteirinha como nasci. Mas eu sei por que ele espalhou essa bobagem. Freud explica.

E riram-se as duas dos jovens conterrâneos até perceberem que na esquina da igreja o bando de rapazes encontrou algumas meninas para quem contaram o que tinham visto, lá no banco, ó, debaixo da seringueira, e olhavam com muitos disfarces. Todos olhavam de viés para que ninguém pensasse que estavam falando das duas sentadas no banco. E cochichavam com bocas pequenas e o riso era também cochichado. Estavam juntos e seguros, por isso estavam contentes de poder comentar maldades a respeito daquelas lá, sentadas no banco, debaixo da seringueira. Contentes e um tanto felizes porque a felicidade, quando pouca e frágil, é geralmente tecida de pequenas e sórdidas maldades, como falar mal de quem não é do grupo e transbordou dos padrões aceitos pela maioria. Era com imenso gozo na boca que se contavam uns aos outros todos os escândalos conhecidos ou inventados envolvendo a filha do médico. Uma das meninas, a que precisava com muita intensidade conquistar um dos rapazes, com exibições de coragem, disse que ia até lá para perguntar, O que você fez de seu filho? Chegou a dar um passo na direção da seringueira, rosto um fogaréu, certa de que muitas mãos se grudariam em seus braços, Faz isso, não, não te mete com elas, uma gente que nunca se sabe. Ofegante e vitoriosa, banhou-se no olhar orgulhoso daquele para quem fora inventada a cena e tomou seu lugar no círculo: conquistada.

As amigas ficaram as duas respirando em silêncio enquanto dúzias de olhos varriam a sombra da seringueira.

– As histórias que a gente ouve, Lúcia. Coisas de avó, bisavó, e seus homens proprietários ditando as regras da vida, como eles queriam que fosse. Aqueles lá vão reproduzir tudo que ouviram, sem mudar nada. Eu, hein!

Sueli, num surto súbito de alegria, subiu no banco, ergueu os dois braços e gritou para que se ouvisse nos quatro pontos cardeais da cidade:

– Meus ossos a esta terra é que não vou entregar!

Pensando que fosse assunto que lhes dizia respeito, o grupo na esquina da igreja debandou para os fundos, quase debaixo da torre, lá onde não fossem respingados pelo veneno daquela representante de satanás.

Duas pessoas adultas passavam pela rua principal, a extremidade superior da praça, e pararam assombradas com as pernas que um shortinho muito curto exibia sem pudor. Uma beata, na porta da loja, benzeu-se e, voltando-se para o interior, propôs ao lojista, vereador dos mais atuantes, que apresentasse um projeto de lei à Câmara, proibindo exibições sacrílegas de indecências ali, à vista da igreja.

Ao sentar-se, a filha do doutor Murilo, bem mais aliviada por causa de sua proclamação, mostrou a Lúcia alguém que vinha entrando pela praça por uma das aleias diagonais.

– Não é que é ele mesmo?

– O teu pai diz que ele gastou os olhos lendo bula de remédio.

Assunto conhecido das duas, mesmo assim Sueli contou que o farmacêutico não podia vê-la sem que seus olhos a engolissem. Contou porque gostava de se lembrar da cena, que a divertia muito. Um dia em que se encontravam sozinhos na farmácia, Laerte, na hora de cobrar, estampou um sorriso canalha e disse que de moça bonita não costumava receber dinheiro. O atrevido, Lúcia, confundindo tudo, achando que meu comportamento e minhas roupas fora dos padrões de Pouso do Sossego davam a ele o direito de me julgar uma garota fácil. Coitada daquele bofe da mulher dele. O farmacêutico já ia longe, mas continuava olhando para trás, hipnotizado. O senhor não tem espelho em casa? Bem assim. De risos renovados, elas viram quando ele, dobrando a esquina, torceu o corpo e o pescoço para uma última vez ainda ver o objeto de seu desejo. Um porco, Lúcia, isso é que ele é.

– Isto aqui sufoca. Termino a faculdade e fico por lá mesmo.

Lúcia então se lembrou das conversas maldosas que circulavam principalmente ao redor da praça, pelas casas de comércio ali do centro, sobre a escolha da profissão de Sueli. Que onde já se viu?, engenharia mecânica é profissão de homem. Então novos rumores: a filha do doutor Murilo? Pois quem é que não sabe?: sapata, sim senhor. O negócio dela é mulher.

– Dessa eu não sabia – divertiu-se a moça –, e você não tem medo de aparecer na minha companhia?

– Olha, Sueli, você sabe muito bem que cago montes pra opinião desta gente. Você acha que eu vou ficar por aqui esperando a velhice? Não tenho qualquer vocação pra fazer sapatinho de crochê, minha cara. Na minha hora, quem se manda sou eu. E não sei se consigo esperar muito tempo.

Capítulo 7

Se for preciso, eu chamo o senhor, e me afasto uns passos na direção da parede. O mato molhado incomoda minhas pernas. Tudo me irrita. Acabei de falar ao sogro do Toninho com voz rude. E começo a concordar com o velho. Este Camilo é bom assentando tijolo, mas força de homem, a força, masculinamente como se pensa, ele não tem mais. Ele continua me olhando muito amestrado à espera da minha ordem. Arrebenta isso, eu digo, um pouco baixo, mas ele me ouve e desce a marreta em cima da primeira cicatriz. Novamente a delegacia estremece como alguém que já anda perto de desabar. Espirra cal e areia, cimento e lasca de tijolo em toda direção: uma roda.

Só barulho e estilhaço. Quem foi que levantou esta merda de parede?, eu pergunto e o Camilo me responde meio assustado que foi ele. Não digo mais nada porque sinto pena dele. No dia em que o circo chegou, o Camilo foi atropelado e machucou o braço.

Quem conta isso como diversão é o Laerte, este calhorda de terno e gravata. Quem sabe até pode ser, mas o que você está esperando?, e ele manda a marreta outra vez na parede. O estrondo. Devem ter ouvido isso até lá na prefeitura. Claro, acho que é isso mesmo: ele com o braço machucado.

E pensar que não deixei ninguém de guarda no portão. Tenho muito que aprender nestes trabalhos sujos. Vai batendo aí, Camilo. Enquanto ele briga com a parede vou dar uma espiada. Chamo o Fernando, jogador de xadrez compadre do Laerte, porque é magro de não ter grande serventia em serviço de homem. Mas vigiar ele pode. Que droga, eu tinha calculado uns cinco minutos e já faz mais de quinze que estamos aqui. Vem logo, homem. Ele não para de conversar com o Laerte, cunhado dele. Nós costeamos a parede lateral da delegacia até o portão da chácara. Digo a ele pra ficar disfarçado na sombra, atrás dum mourão. E recomendo, Olho aberto, hein, seu Fernando, vê lá se não vai dormir abraçado nesse poste.

Mais três, eu chamo, e vêm este Altemar e o Toninho com seu sogro, o de rugas fundas e uma verruga plantada muito concorrente ao lado do nariz. Nunca me lembro do seu nome. Ele mesmo. Um velho de fala quase nenhuma. Chega, olha, examina. Tem gente aí dentro, ele ronca sua descoberta. Então pega a marreta das mãos do Camilo, me dá isso aqui, e dá duas marretadas, com tamanha força de velho que a parede, um pedaço grande, desaba num monte quieto no chão. Como um bicho morto, abatido.

Agora parece que já existe uma fresta: vejo um risco de luz. Ouço voz de gente do outro lado da parede, por isso chego mais perto. O Ariosto tira com as mãos uns pedaços de cimento, ou cal, sei lá, pode até ser de tijolo, mas ainda é muito pouco. Mal atravessa um cabo de martelo pelo furo. Puxo o Ariosto pra trás e faço gesto firme que o velho entende. Parece que estou ouvindo a voz perguntando, O que é isso, quem está aí? É uma voz de muito medo, sem poder. O poder agora está todo nas minhas mãos. Não tem poder nem pra escapar, o filho da puta, porque o cabo e o soldado, a esta altura, lidando com bêbado na Vila da Palha. O escrivão, só em hora de seu expediente.

Agora que já existe o outro lado, com luz e voz próprias, me recolho mais em mim, incerto, porque não é mais um plano dentro da minha cabeça. As coisas têm forma e dureza, deixaram de ser apenas palavras. A parede não é mais a palavra parede que cabia muito bem no meu plano. Agora ela se estilhaça e me atinge o rosto. Chegar perto do fim é sempre um susto, suor nas mãos, é um descaimento da vontade que me faz tremer. Só continuo porque não há mais espaço por onde voltar. O nome do miserável, em pouco tempo vai ter feição, altura e largura, seus cabelos e olhos e boca e tudo mais. No papel sim, no papel que é fácil fazer um plano.

A marreta sobe e desce furiosa, como se já estivesse com muita raiva da parede, que cede, aos poucos, mas pelo rombo já passa bem um cachorro. Mais um pouco, instigo, e o velho me parece possuído por uma raiva cheia de alegria, porque bate potente e os pedaços da parede vão cobrindo o chão. O povo, este meu povo debaixo da seringueira, acho que está com vontade de cantar, que é um jeito de mostrar satisfação, espírito de guerra.

De repente, aqui do lado de fora, se faz um silêncio medonho. O velho joga a marreta para o lado e espia pelo buraco aberto. Vem ver, ele me diz, e aproximo a cabeça para observar o que se passa no interior da cela. Vejo mal o vulto, que a luz vem só do corredor, mas consigo imaginar o tipo com sua estatura, seus cabelos castanhos muito lisos. Ele vira o rosto para meu lado. Caramba, um susto. Tropeço no Camilo, que ainda anda por aqui. Quem são vocês?, o Teodoro grita de dentro. Vocês querem o que aqui?

Acabou a festa, malabarista. Eu só penso, porque o plano ainda tem lances diferentes. Sua carreira de conquistador chegou ao fim, seu cafajeste. Ele continua colado na porta de grade da cela e fica um segundo em silêncio, olhando como se me visse, uma cara no rombo que o sogro do Toninho abriu. Por trás de mim, as pessoas se empurram, todos querendo ver o que acontece no lado de dentro. Sem querer, eu acho, eles me empurram, então me afasto um pouco para que todos registrem com os olhos o medo de um homem sem rota de fuga. Ordeno que se afastem, pois chegou minha vez. Agora é que tudo pode ficar mais difícil ou mais fácil. Chego bem perto, com a cabeça quase toda dentro da cela. Que é que vocês querem aqui?, o Teodoro pergunta com uma voz gutural, de fera acuada.

Coro V

  Leôncio escorou seu ombro um tanto estreito na parede do bar com a sensação firme de que iria cair, uma sensação que lhe subia do fundo úmido do estômago até amargar a saliva da boca. O policial escancarou a traseira do camburão enquanto seu colega, em posição de sentido, montava guarda ao lado com a metralhadora na mão. Metralhadora era uma arma terrível, arma de guerra, vista em filmes e reportagens na televisão. Policiais assim eram, com toda certeza, o orgulho de Porto Cabelo. Pelo porte, a pose, pelos conhecimentos que deveriam ter de como lidar com bandidos e desordeiros. O que podiam o cabo com seu soldado, encolhidos em seus corpos folgados dentro dos uniformes? Muita gente acreditava que o revólver do soldado era de plástico. Nunca se ouviu falar em um só tiro que tenha saído de seu cano. E o escrivão, com suas roupas civis, era um policial em quem ninguém acreditava de tão parecido com as outras pessoas que ele era. E isso de escrever, coisa de professor, não botava ninguém na cadeia.
  Primeiro apareceu um par de tênis escuros, de cor própria ou adquirida nas viagens, em seguida as pernas de Teodoro. A curiosidade da multidão exigiu silêncio. Pouca gente cochichava ou ria na expectativa de como ele sairia lá de dentro do oco trevoso, de aço, onde estava ainda a filha do doutor Madeira. Moça fina, herdeira de meio mundo, transportada como uma qualquer, pra quebrar o bico e amansar o orgulho. Bem que essa gente merece, ouviu Leôncio cochicharem a seu lado. Pensou em se afastar, agastado, mas teve medo de que seu corpo resolvesse realmente cair.
  Então Teodoro desceu completamente com todo seu peso e altura e endireitou-se, pernas e peito, o corpo ereto, apesar das mãos algemadas, encarando o povo daquela cidade. O cano da metralhadora, arma de guerra, apontava para o conquistador e ofensor das virtudes alheias. Sem dar importância alguma à precariedade de sua situação, músculo nenhum repuxado no rosto, a testa lisa de uma criança, ele olhava majestoso por cima das cabeças à procura do que ninguém podia imaginar. Mas seus olhos serenos, excessivamente calmos para as circunstâncias que estava vivendo, isso era

causa de espanto, e muitas das pessoas mais próximas puseram-se a pisar bicos de sapatos dos que vinham na segunda fileira, os de trás, que, para se verem livres dos pisões daqueles que lhes vinham à frente, começaram a pisar os que lhes ficavam às costas. E foi assim, num movimento contínuo de onda que as pessoas se afastaram de Teodoro, cujo olhar amedrontava os menos corajosos. Quem pode saber de que é capaz um malabarista?

Os pés de Leôncio não foram muito respeitados, nem assim ele saiu do lugar. Uma das razões para que não saísse do lugar era a ira nutrida contra aquele indivíduo que manchara a honra da menina. Ver como Lúcia sairia do camburão também era razão suficiente. E boa. Maior razão, entretanto, era a solidez da parede na qual há bom tempo tinha escorado o magro ombro.

Depois de uma curta troca de palavras que o povo não logrou ouvir, os cinco homens se embarafustaram pela porta principal da delegacia com pompa solene, pois sabiam-se parte importante do espetáculo. O camburão fora fechado com um estrondo que ferira os ouvidos e a consciência de Leôncio. Seu ódio aos protagonistas daquela cena pedia uma ação destemperada, de grande arrojo, e ele chegou a conceber a ideia de arrombar o camburão arrancando-lhe as duas lâminas da porta traseira. Não seria tão difícil. E sairia aclamado herói ao arrancar, do ventre escuro daquele animal, a menina que vira crescer no sobrado do doutor Madeira. Com uma barra de ferro pode-se fazer muita coisa, ele pensou. Aquele cadeado amarelo não teria resistência para suportar a fúria de Leôncio.

O tempo ia passando pesado sobre a cabeça do barbeiro, que sofria de uma decepção azeda por seu comportamento tão diverso de seus pensamentos. Deveria ser sempre assim, a vida, com ações e intenções em eterno desencontro? Leôncio esfregou os braços por onde o frio penetrava em seu corpo, depois se crisparam seus dedos, pois continuava imóvel, um poste escorado na parede do bar.

Finalmente um conhecido com quem trocar palavras a respeito do que acontecia à sua frente, com quem se informar a respeito do significado de tudo aquilo. Osório, entretanto, do outro lado, na calçada da delegacia, não estava com jeito de quem viera assistir à chegada dos fujões. Acenou-lhe com mão alta espalmada, mas não foi visto, pois Osório já estava longe, além do círculo de curiosos, por trás de todos.

Estava era muito difícil de qualquer ideia progredir, tornar-se completa e coerente por causa dos braços por onde o frio entrava em seu corpo, claro, mas também porque tudo acontecia quase ao mesmo tempo. Agora eram os dois policiais de fora que saíam pela porta da delegacia com passos marciais apressados e despedindo-se do escrivão, que tinha vindo até a porta. Leôncio teve um esmorecimento, com o suor porejando-lhe das mãos, da testa e principalmente das axilas, ameaçando sobrepujar os perfumes que usava. É a vez da menina, ele pensou e deixou os olhos algum tempo fechados, até sentir-se com pouco equilíbrio, pois mesmo a parede pareceu oscilar. Então abriu-os novamente para ver os dois entrando na cabine do camburão e partindo no rumo da estrada. Mas e Lúcia?, ninguém vai fazer alguma coisa?

Em volta, com a saída da viatura policial, o povo começou conversa animada, porém com gosto de frustração. O que alguns queriam mesmo era ver a menina descendo do camburão. Principalmente as pessoas mais desqualificadas, sem fortuna ou prestígio, queriam ver.

Sozinhos ou em grupos, os curiosos seguiam seus caminhos: as diversas ruas e becos, suas direções, as lojas de portas ainda abertas, os bancos das praças, enfim, todos os lugares onde se costuma viver em uma cidade pequena como Pouso do Sossego. Da baixada, perto do córrego, subiram alguns para suas casas distantes, na Vila da Palha, outros arrastaram conversas e pés na subida para o centro comercial, com sua praça na frente da igreja Matriz. Leôncio ainda espiou pela janela do bar para ver as mesas vazias, o balcão mudo adormecido, atrás do qual Adalberto principiava a bocejar. Viu-se finalmente sozinho, à espera de um milagre, um acontecimento que o pusesse novamente animado. Nada mais acontecia e ele desencostou da parede pensando que existem muitas incógnitas neste mundo. Esfregou os braços desprotegidos e iniciou a marcha na direção da barbearia, sua Barbearia Central, ali, a cinquenta passos da praça.

Subia pela calçada, lento, contando os ladrilhos do calçamento, abatido com tudo que vinha acontecendo na casa de seu protetor, o doutor Madeira, intrigado com o desfecho da cena a que viera assistir e preocupado com o destino da menina que vira crescer e que muitas vezes carregara nos braços.

Capítulo 8

Enfio primeiro os olhos pelo buraco aberto na parede, mas recebo no rosto um bafo morno com fedor de merda. Afasto a cabeça pra trás, com os olhos fechados de nojo. Será que agora, o cara, de medo? Mas é um cheiro velho, meio seco, mistura de muitas matérias. Madeira podre em dia de chuva, toca de gambá. O malabarista se desgruda da porta de grade, põe as mãos protegendo os olhos de sua claridade miserável. Ele tenta ver a gente que está aqui. Fazendo o quê? O barulho da demolição parou e o safado está perdendo o medo. Dá dois passos até o meio da cela e volta a perguntar, Quem são vocês que estão aí, o que é que vocês querem? Agora sua voz está bem humana, como de gente conversando. E olha concentrado, com rugas de muito esforço na testa, porque nós estamos no escuro e ele, mal iluminado, sim, mas sujeito a esta luz fraca que vem do corredor. Volta a perguntar, mudando as palavras e mantendo o sentido.

O bafo morno, com fedor de merda, diminui e chego a encostar os joelhos nos tijolos, bem perto e um pouco agachado. E é nessa posição, com os braços em louva-a-deus escorados na parede, que olho melhor e avalio: entrar um por um pelo rombo feito a marretadas é entregar o couro ao bandido. Ele, o malabarista, leva a vantagem de seus movimentos livres e estes membros de mágico. Não se pode entrar aí. A não ser que, tem gente me empurrando de curiosidade. Parem com isso, porra!... se derrubasse a parede toda, mas isso ia acordar até Adão e Eva.

 O Ariosto continua fazendo sua limpeza. Ele arredonda o rombo, que pouco aumenta. É rombo de passar uma pessoa e só.

 O Fernando chega meio assombrado, dizendo que viu passar uma velha mal arrastando os pés na direção da Vila da Palha. Tinha um guarda-chuva na mão? Sim, ela passou com o guarda-chuva aberto. É a velha, cochicha o Leôncio. E tossia? Desde que o sogro do Toninho abriu este buraco, dei ordem para que só se fale cochichado. Deixa a velha, Fernando. Ela não regula. O malabarista está curioso com o movimento aqui fora e se aproxima um pouco mais. Agora vejo seus olhos escuros fixos em mim. Não consigo encarar um ser vivo sabendo o pouco tempo que lhe resta sem que ele suspeite, enterrado até os ossos na vida. Afasto um pouco a cabeça sem descolar meus braços em louva-a-deus da parede. Assim que recuo, ele avança ainda mais. Agora está a dois passos de distância. Mas enfim, quem são vocês e o que vieram fazer?

 Sinto vontade de vomitar, de me vomitar pela boca, de me escolher diferente, livre de tarefas como esta. Queria estar em casa, dormindo debaixo de um edredom quentinho. Porque é um trabalho sujo, este. Cheio de saúde, ele, aí na minha frente, sem imaginar quão frágil é a vida e quão fácil é perdê-la. Forte e saudável. Será que o cheiro, esta tontura? Tenho de ir até o fim. Se a gente deixa passar, seu Osório, esta, que é uma cidade ordeira, perde todo sentido de hierarquia, não é mesmo? Não criei filha minha pra entregar nas mãos do primeiro sacripanta que me aparece por aí jogando bolinhas pra cima. Aqui na nossa cidade não é assim que as coisas acontecem, não é mesmo, Osório? Você sabe muito bem que todos se respeitam, cada um no seu lugar. Justo a minha Lúcia, Osório.

Um sujeitinho qualquer se aproveita da inocência da menina e me carrega a única filha. Ele, o doutor Madeira, a ponto de chorar quando me fez o pedido. Tenho jeito de voltar atrás e deixar a tarefa inacabada? Não tenho.

Bem sabe Deus que não sou um criminoso. Minha ação não é minha, mas daquele a quem devo quase tudo que tenho.

A missa começa às sete e nenhum de nós deve faltar. Preciso ainda conversar com os camaradas. Podem reparar a ausência de alguém. As beatas. Elas conferem tudo, sabem de tudo e são perigosas. As beatas ajudam o padre a distribuir quotas de inferno.

Somos seus amigos, respondo. Ele se agacha pra me ver melhor e não recuo desta vez. Pagaram a gente pra vir te livrar disso aí. Mostro com o queixo o interior da cela, seu piso de cimento sobre o qual um colchão imundo perto da parede da direita serve de cama. Deve haver um balde, coisa assim, que daqui não vejo, com as sujeiras do malabarista. E nisso se resume o mobiliário da cela. Este fedor velho e seco deve ter uma fonte meio escondida.

Quem foi que pagou? Ele ainda está desconfiado, mas dá pra ver que se enche de esperança. Respondo que é um homem alto e magro com barbicha de bode. O pilantra ergue as sobrancelhas, coça a cabeça e não diz nada. Mas vem logo, porque não temos a vida inteira pra te esperar. Então o malabarista se aproxima um pouco mais e senta no piso, espia outra vez a escuridão do lado de fora e estica as duas pernas ao mesmo tempo pelo rombo da parede.

Coro VI

  A distância de centros mais desenvolvidos é que matava. Padre nenhum aceitava a freguesia sem grande contrariedade. Só mesmo obrigado, muitos disseram. Desde sua fundação, aquele transtorno. Uma estradinha de terra esticada por mais de cinquenta quilômetros era sacrifício que nem a fé podia compensar. Na boleia de algum casual caminhão, às vezes encarapitado na carroceria, sob uma tempestade de poeira quando o tempo ajudava, pois quando chovia era esperar parado sem nada para fazer na cidade até que a lama secasse, era assim que se viajava naqueles tempos em que asfalto era coisa de cidade grande. Um fim de estrada parece mesmo o fim do mundo. Pouso do Sossego.

  Com os dois pés plantados no macio tapete do salão de audiências, na sede da diocese, o recém-chegado padre Ramón Ortega aguardava o bispo, que fora atender duas senhoras da sociedade local e de cujas doações dependiam muitos projetos de seu episcopado. O ar fresco, as cortinas de veludo vermelho, a decoração das paredes e o requinte dos móveis, tudo isso impressionava o padre, que, ao decidir-se pelo Brasil, julgava-se em missão árdua e cristã de evangelizar um povo semisselvagem. E o que via agora? Um luxo maior do que o que vira escandalizado na diocese de Salamanca: muito mármore, marfim, bronze brunido, objetos de prata, estofos de veludo, móveis de jacarandá maciço, muita seda.

  Padre Ramón transpirava com o tenso e imenso corpo inteiro, mas seu coração confrangia-se gelado com o tamanho esplendor. Tirou do bolso o lenço, simples pano de algodão, como por certo agradava o Jesus crucificado que trazia ao peito, e enxugou a testa vermelha depois de retirar os óculos de fundo de garrafa.

  Sí, sí, señor obispo mi padre, yo lo acepto en Cristo Jesús y con mucho mucho gusto, aunque sea muy lejos de acá. E foi assim que o padre Ramón Ortega, com evidente ironia, assumiu a distante paróquia de Pouso do Sossego, sem opor resistência alguma.

  Até o final daquela tarde a papelada estava toda pronta e na manhã seguinte muito cedo, no único ônibus do dia, o padre espanhol *pôs o corpo imenso a sofrer os sacolejos do ônibus na estrada de terra, porque supliciar a carne, macerá-la, era um modo de servir a Deus e desprezar a materialidade própria.*

Quando o padre Ramón Ortega bateu à porta dos Alvarado, com carta do bispo, sentiu que seu coração queria parar, rebelde, pois tinha imaginado uma aldeia como aquelas que vira numa revista: os padres ensinando índios e caboclos. E agora, o que encontrava? Um sobrado antigo com sete janelas de frente, no meio de um jardim confuso mas rico, guardado por um muro baixo encimado por vinte metros de grade com lancetas agudas apontando para o céu separando a calçada. Vivenda sólida de proprietários antigos e abastados.

Chegou num fim de tarde, o padre Ramón Ortega, como toda gente chegava a Pouso do Sossego. Com sua mala na mão, entrou para a sala de visitas, onde um dos irmãos Alvarado leu a carta do bispo. Depois, com expressão de extrema felicidade, saudou novamente o recém-chegado, apertando sua manzorra com suas duas mãos que há muitos e muitos anos não sabiam mais o que era serviço pesado. Não era um caboclo, como o padre gostaria que fosse, mas ressumava simpatia com seus gestos suaves e um sorriso bondoso.

Depois de se explicarem um pouco melhor, o irmão Alvarado mais velho disse que já no dia seguinte mandaria algumas de suas empregadas para que a casa paroquial estivesse em condições de receber seu novo ocupante. Então, na qualidade de diácono paroquial, Estefânio fez um relato nada alvissareiro sobre o estado da fé entre os habitantes da cidade.

Foi com as informações de Estefânio Alvarado que o padre Ramón Ortega rezou no domingo seguinte sua primeira missa na sede de sua paróquia. Hombres de poca fe, *trovejou o padre, de cima do púlpito. Sua voz encheu a nave de algo mágico, uma vibração, um fremir com que ninguém estava acostumado.*

Chegou cheio de Europa, um missionário, o padre Ortega. Veio salvar do fogo eterno estes seres de pouca fé. Ele disse: Vosotros no sois religiosos, *ouviam atentos e atônitos os fiéis de Pouso do Sossego. Nunca a igreja estivera tão lotada, com* gente de pé nos corredores laterais e aglomerada na porta principal. *Nos dias que antecederam o domingo, a notícia de um estrangeiro por ali na cidade, um santo caído do céu, cobriu todos os cantos da cidade.* Vosotros no sois religiosos, sino místicos, una sarta de fetichistas y de herejes hechiceros, que de la religión, no quiere conocer más que las apariencias, y se conforma tan solo con el ritual de la santa misa. *Os fiéis estavam com dificuldade para respirar, porque aquele santo caído do céu era assombroso e ninguém queria perder uma só de tantas palavras incompreensíveis. Mas quando falava fetichistas, a maioria fazia o pelo-sinal, porque era uma palavra que eles jamais tinham ouvido e que causava calafrios. A imaginação do inferno bem perto deixou muita gente com dor de barriga.*

Esse primeiro sermão botou o povo assustado. Durante uma semana comentou-se o significado de muitas passagens, havendo controvérsias ferozes, com ameaças de liquidação do assunto com violência. Poucas pessoas se agrediram fisicamente e a principal causa era o medo daquele homem exagerado de corpo, vermelho, com olhinhos que espiavam e viam tudo por trás de seus óculos. Na semana seguinte, já não havia quem negasse um beijo na mão do padre.

Depois de uns anos, o padre Ortega já era chamado de padre Ramón, um modo mais íntimo de o povo se referir a ele. Naquela época, estava perdendo a fama de um ser misterioso, mantendo, porém, a condução espiritual do rebanho. Muito rígido até mesmo com o círculo dos mais próximos. De ninguém admitia relaxamento nenhum. Ficava muito vermelho, como se fosse explodir. Então erguia aquela mão imensa até perto do céu e repetia, Bando de infiéis, seus fetichistas, *com aquele sotaque e a voz de trovão que ele tinha até a época da cena que vai sendo vivida por Osório.*

A maioria das pessoas mais velhas venerava o padre Ortega – um santo. Era o caso do avô de Osório. Ele não confessava, mas sua esposa, quando o neto sentava em seu regaço, dizia, Seu avô não era capaz de pentear o cabelo sem perguntar ao padre se podia. *Tal sucesso de ascendência dava-se principalmente por causa da língua. Os santos que são assim: falam uma língua com sotaque – o sotaque da santidade. E aquela linguagem de cigano lhe dava certa aura de um ser misterioso, mais encostado no céu do que enterrado na terra. A velha contava e ria com alegria nos olhos e nos lábios. Era um ser aberto cheio de luz. Soberba. Criticava muito as beatas que disputavam intrigantes e maledicentes cada centímetro do entorno do padre. Ele devia ter consciência da adoração que provocava, mas deixava-se adorar em benefício da igreja e para não espantar o rebanho, pois um homem lúcido, como ele, sabia muito bem que não era um santo.*

Na maioria das casas só se falava do padre Ortega em voz baixa. A cidade anoiteceu de tanto medo. Mas isso só aconteceu no início, nos primeiros anos. Foi uma onda de delações, de acusações e confissões que transtornou a vida de todo mundo. Ninguém queria ficar de fora, rejeitado pelo paraíso. Só no início.

Quarenta e cinco anos ditando o certo e o errado, ligando ao céu aquele pedaço da terra, isso deu a padre Ramón Ortega uma autoridade que ninguém questionava. Tanto nas coisas do espírito como nas questões práticas da vida, ele dominava o povo de Pouso do Sossego. Durante muito tempo, ele só almoçava aos domingos na casa do doutor Madeira, no sítio dos irmãos Alvarado, com o prefeito da época na casa dele. Padre Ramón foi ficando muito amigo dos grandes da cidade, e o resultado desse convívio, muitas vezes bem íntimo, foi o afrouxamento de seu ímpeto de jovem guerreiro da fé e dos bons costumes. Começou a relaxar, as penitências aliviadas, as mãos menos altas, um sorriso mais mole no rosto vermelho. Mesmo assim, manteve muito bem afiado seu serviço de informações. Em Pouso do Sossego nada acontecia sem que ele ficasse sabendo.

Além de santo, muito esperto, este padre Ramón. Não que temesse os mais poderosos, mas na sua avaliação eram eles os mais próximos da igreja e com eles é que contava cristianizar o povo da cidade. Quando resolveu batizar uma data de pagãos e levar as bênçãos conjugais a outro tanto de casais que viviam em pecado da mais pura e ingênua mancebia, foi com os Madeira e Alvarado que teve de contar. Era por isso que evitava o confronto com pessoas de tão magna importância.

Apesar dos cuidados para não afastar os notáveis, uma noite entrou de cara nebulosa na sala do doutor Madeira. Depois de sentado, as mãos no regaço e os dedos cruzados, pigarreou várias vezes, pensando no modo mais eficiente de abordar o assunto sério que o trouxera àquela poltrona em que seu corpo amplo e arredondado afundava. Doutor Madeira, tão esperto quanto, falava sem parar de seus negócios agrícolas, como preços e praças, sacos por alqueire e umas cabecinhas de gado soltas no campo. Nisso entra uma menina com os cachos balançando dependurados. Entra sorrindo e se joga nas pernas do pai, que a levanta até rosto com rosto e pergunta se ela não vai pedir a bênção ao senhor padre Ramón. Lúcia, no chão, corre até o padre, beija-lhe as costas da mão e pede que ele a abençoe. Padre Ramón aceita o cumprimento e lhe diz, Que Deus te abençoe, menina linda. O pai manda que Lúcia vá brincar na sala de televisão, Vai, minha filha.

Novamente só os dois na sala, padre Ramón resolve não perder tempo. Doutor Madeira, ele começa, não vim aqui apenas em visita de cortesia.

Semanas antes o doutor Madeira tinha inaugurado duas casas construídas às suas expensas já caindo fora da cidade, além da Vila da Palha, perto da estrada. Ao conjunto, tinha batizado de Zona. A importação de algumas moças pálidas e com olheiras roxas profundas fora encomendada a um amigo seu de Porto Cabelo. Adolescentes, jovens, homens casados e alguns velhos foram os convidados para a inauguração. A música de uma vitrola velha, meio desdentada, dava o ritmo aos pares da pequena pista de dança. Nas mesas todas ocupadas a cerveja corria por conta do doutor Madeira.

Longa pausa, pesada, constrangia o padre, a quem o dono da casa espiava com olhos astutos esperando pela continuação.

Por fim, depois de dar arranjo mais firme aos pensamentos, padre Ramón, como se já tivesse dito mais da metade, arremeteu, Bem, o senhor acha que está prestando um bom serviço à igreja?

– Ah, o senhor pároco está falando a respeito da Zona, não é isso?

O padre argumentou com citações das Sagradas Escrituras para terminar crescendo para cima do doutor com o Sétimo Mandamento.

Doutor Madeira franziu os pés de galinha em torno dos olhos para sorrir pensando na resposta que já estava preparada porque a viera treinando com a esposa, alguns amigos e umas duas ou três beatas que, cheias de coragem, vieram tirar satisfação. Padre Ramón, vamos ser sinceros. A rapaziada precisa de vez em quando se aliviar. É da natureza deles. Foi a vez de o padre sorrir, cheio de malícia. Experiência viva ou vivida, doutor? Sem se interromper, o fazendeiro acrescentou, Pois então é melhor que eles se satisfaçam nessas perdidas, que perdidas já estão mesmo, do que ficar correndo atrás a fim de comer as meninas de família da cidade, não acha?

A entrevista não durou mais dez minutos. Na saída, o padre fez o pelo-sinal, cheio de remorso por ter abandonado aquela batalha por puro interesse nas possibilidades de ajuda daquele homem, pecador, sim, mas que nunca se recusava a ajudar, tanto em questões financeiras como em algumas questões espirituais.

Às vezes o padre queria fazer graça e tropeçava nas pessoas. O jeito dele, seu jeito mesmo, era a rispidez e as ameaças. Nisso ele era bom. Um dia, em plena missa, na frente da cidade toda, ele perguntou à mãe do Leôncio, Tá com vontade de me mostrar as pernas? E soltou uma gargalhada. A coitada, com o pensamento distraído nas coisas sagradas, se esqueceu de puxar a saia pra baixo e esconder os joelhos. Ela ficou tão atrapalhada que até o fim da missa não se levantou mais, abobalhada de vergonha, que é um estado de choque. Desde garoto que Leôncio tinha medo do padre. A história do corridão no bispo deve ter começado nos joelhos da mãe do Leôncio, porque o povo de Pouso do Sossego, aquele povo reprimido, adora aumentar malícia no que vê e no que inventa.

E foi pelo espírito pesado de algumas de suas brincadeiras que um dia bateram à porta da diocese alguns homens ofendidos. Corriam muitos boatos e o último envolvia o padre com a louquinha da cidade. Muitas vezes ela entrava na cozinha da casa paroquial, principalmente pela manhã, pois sabia que nunca lhe recusariam uma fatia de pão e uma xícara de café com leite. Um dia a infeliz apareceu grávida e os desafetos do padre não perderam a oportunidade para sair contando ao povo que o pai era o padre. Alguém teria mesmo visto os dois subindo a escada de acesso ao quarto da casa paroquial.

Zeloso com tudo que dizia respeito à diocese, o bispo viajou até Pouso do Sossego, para ouvir a outra parte. O padre ouviu a exposição de seu superior sem nada dizer, mas ao redor de seus lábios foi crescendo uma mancha branca, o sangue todo parecia descendo *para os pés, até que ele, levantando-se em toda sua altura, ergueu os braços para o céu, ameaçadores braços, e gritou, Ponha-se daqui para fora, enquanto estou no meu juízo. Prefere acreditar nestes fetichistas imorais a confiar em seu cura, meu bispo, pois não estou longe de cometer um crime, fique Vossa Excelência certo disso.*

Tal foi a indignação de padre Ramón, violenta e sincera, que o bispo escolheu o caminho mais curto para chegar ao carro, que o levou, às pressas, de volta à sua cúria.

Capítulo 9

... pelo rombo da parede. Quando aparecem as meias pernas, e os joelhos se dobram, faço sinal, e dois dos nossos, Camilo e Toninho, que espiavam tudo esbarrando em minhas costas, saltam e se abraçam com violência às pernas do malabarista. Ele, este artista, tenta voltar, encolhendo as pernas e abrindo os braços, muito forte, na esperança de se firmar na parede. Não é bem um berro, é um ronco animal que sobe dos pulmões à boca, coisa que nunca ouvi saindo de corpo humano. Não adianta seu esforço, seu pulha, conquistador barato, porque já outros dois ajudam os primeiros e o arrastam para fora da cela. Violenta, sua cabeça varre o piso de cimento coberto de caliça.

Ele inicia o que me parece um berro nascendo para acordar Pouso do Sossego, o Leôncio enfia um saco plástico em sua cabeça, e os dois, ele e o Ariosto tomam conta da cabeça. O Ariosto puxa a boca do saco até cobrir os ombros enquanto o Leôncio aperta com os dois braços uma gravata no pescoço do maldito. A cena me causa enjoo, pois me repugna ver dez homens grudados num corpo só como um cardume de piranhas atacando um boi ainda vivo. É uma cena tenebrosa, mas não temos escolha. O corpo está imóvel, tentando se contorcer, mas são vinte mãos trabalhando para que ele não se mexa nem grite. Eu me agarro em seu braço esquerdo com a fúria que o horror cria em mim. Um pouco de medo. Mas não é só medo, não. O contato com sua pele quente, a pele do condenado, isso me causa um asco difícil de suportar. Ninguém diz nada, por isso ouvem-se apenas a respiração pesada do pessoal, uma respiração ruidosa, e gemidos arrancados pelo esforço brutal do fundo das gargantas. O artista continua tentando se livrar do grupo, e, caramba, ele é mais forte do que eu tinha imaginado. O galã. Ele se contorce. O braço dele parece de ferro. Alguém precisa me ajudar. Alguém aqui, comigo.

A Matilde, se a Matilde, então, acho que não ia acreditar. O marido dela. Ela repete sempre que sou muito pacífico. A Matilde. Não imagina uma ação como esta. Só porque tenho muita paciência com meus caloteiros. Não brigo mesmo. Claro, este é um caso diferente. Arranco raivas escondidas, ou arranjo raivas que não tenho, pra conseguir realizar um serviço. Assim em seco, opa, quase que ele me solta o braço, assim não dá, ninguém tem coragem de machucar um ser vivente sem uma razão pessoal. Este Fernando é muito mole. Faço força sozinho, porque ele, que homem ele é?

A tarefa pronta, preciso segurar os rapazes pra uma conversa sobre as esposas. Quase todos casados. Cada um inventa uma história diferente. Bar, sinuca, Faz mais força, Fernando, mas que porra, você quase deixa o braço do homem escapar, caramba, baralho, uma volta por aí, tudo desculpas com que as santas já estão acostumadas.

Não sou como meu avô. Ele, sim, um caçador famoso. Estes morros todos, mato qualquer um. Que até onça, quando mais novo. Depois elas sumiram. Comigo no mato, pra me ensinar o prazer da caçada. Então só bicho pequeno. Ele se agachava apontando o dedo, a espingarda dele de boca pra baixo. Atira, ele dizia, cochichando. Eu apontava, fechava os olhos e apertava o gatilho. Depois do estrondo, meu avô dizia, Não, assim não. Caçador não fecha os olhos na hora de atirar. Ele me treinava em passarinho. Às vezes. Atira! Eu apontava, fechava os olhos e apertava o gatilho. Um dia, voltando morro abaixo, quase correndo, ele me disse que não me levava mais. Eu senti vontade de chorar: era bom não precisar mais daquele sacrifício, mas eu não queria decepcionar meu avô. Ele, o pai do meu pai. Chegando à várzea, no campo, eu disse com voz de choramingar, Mas vovô, eu não consigo. Vendo o bicho eu não consigo puxar o gatilho. Não gosto mesmo. O braço dele eu ainda seguro, mas olhar a fisionomia, ver os olhos do preso, essas coisas me fraquejam a vontade. Não olho.

Apenas espio, de esguelha, e percebo que o plástico estertora uns movimentos bruscos, e o braço puxa arrastando nós dois, e a cabeça sacode, e adivinho que o ar está acabando e ele usa a força que nunca tinha usado na vida pra se livrar do saco plástico, mas se desespera porque os braços estão presos, e os dedos dobrados são garras de um animal, inúteis garras que nada podem agarrar, então viro a cabeça, pois não quero ver mais nada, com vontade de vomitar, os roncos abafados, e o braço vai perdendo a força e não tenta mais movimento algum, até que se larga desistente, frouxo, ainda quente mas sem vontade. O corpo todo estremece numa convulsão violenta para aquietar-se, tranquilo, como se o artista entrasse num sono bom.

Um silêncio grande, com sombras muito escuras, desaba sobre o grupo atrás da delegacia. Ninguém tem coragem de comentar o que acaba de ver. Estamos transidos de medo, sem aptidão para qualquer movimento. Acho que todos sentimos mais ou menos o mesmo: o que fizemos é muito maior do que nós. Quem tem poder sobre a vida e a morte? Somos deuses, por acaso, para decretar quem merece a vida? Finalmente crio coragem e levanto os olhos do braço onde estavam grudados, ouço um pigarro, tento encarar os companheiros e adivinho que entre todos sou eleito como aquele que arca com toda a carga de culpa de nossa ação. Mas não, fui apenas uma ferramenta nas mãos do doutor Madeira. E ele conhece o certo e o errado, sabe o que serve e o que não presta pra nossa cidade, nossas famílias. Melhor não pensar nisso.

Chamo o Laerte e peço que examine o atleta. Largamos o corpo no chão e alguns dos homens se afastam para que o farmacêutico se aproxime. O Leôncio retira o saco plástico e libera a cabeça do sedutor. Distraído passo meus olhos pelo rosto mal iluminado e vejo dois olhos imensos, bolas brancas com o centro escuro. Viro o rosto porque o aspecto deste cara é assustador. Parece um monstro.

Me levanto inteiro, desdobrado, e vejo que o Laerte manuseia com seus dedos, apalpando, ausculta, bate em regiões, depois joga luz nos olhos do salafrário. Nesta hora paro de acompanhar o exame. O Laerte levanta-se também e, de dentro de seu terno por trás dos óculos, decreta: o defunto é todo seu.

Corro pra baixo da mangueira, as pernas se enroscando no mato molhado, abro a braguilha e me alivio. Eu me escoo inteiro na terra com este mijo.

Coro VII

Faltavam quinze minutos para a meia-noite de um sábado todo molhado de chuva quando a campainha do telefone acordou o cabo, de plantão na delegacia. Quebrado o sono ao meio, o policial abriu os olhos quanto pôde, para descobrir onde estava. E descobriu, porque o telefone continuava insistindo. Por ser uma noite meio fria, o cabo estava dormindo com a calça de seu uniforme cáqui. Geralmente passava as noites de seu plantão de cueca e camiseta. Sim, o telefone tocava insistente, e ele estava na delegacia, no quarto logo atrás da sala do escrivão, onde o povo era atendido e eram redigidos os boletins de ocorrência.

Seu Alô! assustou a pessoa que o chamava porque, além do volume, saiu arranhando a garganta como se o cabo estivesse rosnando. Ficou quieto, ouvindo, e bocejou com boca imensa de tão aberta. Por fim respondeu, Sim, já sei, estou saindo.

Só depois que disse estou saindo foi que se lembrou de que estava chovendo, mas então o telefone já estava desligado. Olhou para os lados, medindo o quarto, esfregou as mãos uma na outra, lixando, e retirou a capa do prego onde estava pendurada. Saía na direção da sala de espera, mas parou, olhar pateta ainda, e voltou. No fundo do corredor, espiou pela porta de grade. O prisioneiro dormia um sono completo sobre o colchão encostado na parede. É provável que sonhasse com uma cama de dossel numa câmara imensa e majestosa de um palácio. Espiou apenas e voltou na direção da saída. Sua bicicleta, encostada à parede frontal da sala de espera, dormia quase morta de tão imóvel. O cabo abriu a porta e o vento molhado provocou-lhe uma careta. Não, sozinho não ia prender bêbado nenhum. Com um tempo ruim assim, um tempo que era um castigo, levava junto o soldado. A casa dele ficava no caminho.

Teve de bater três vezes à porta da casa para ouvir os primeiros ruídos de gente lá dentro. A capa protegia o corpo, mas tinha de oferecer as mãos e o rosto em holocausto à chuva. Ouviu passos que se aproximavam da porta e a pergunta que todos fazem: Quem é? Sou eu, Juva. Abre logo esta porta, pô. Dois ou três cachorros da vizinhança perguntaram quem era o responsável por todo aquele barulho, mas muito sem vontade de abandonar seus abrigos.

– O que é que foi, seu cabo? Algum crime?

– Crime é a gente sair com este tempo de merda pra prender um bêbado idiota que está depredando um bar na Vila da Palha. Pô, te veste logo e vamos embora, Juva.

– Mas eu...

– Sem essa, soldado. É uma ordem superior. Sabe-se lá que tipo de bêbado é esse. Vamos, te veste logo.

Estremunhado pela súbita aparição do cabo, o soldado, esfregando ainda os olhos ásperos de sono, retirou-se para o interior da casa. O cabo, depois de algum tempo, ouviu o barulho da descarga, no banheiro, os passos de chinelos até a cozinha, um longo silêncio, novamente os passos chiados que se aproximaram e se perderam atrás da porta do quarto. A longa espera já estava esfolando seus nervos, quando ouviu abrir-se a porta do quarto e em seguida palavras cochichadas que não conseguiu entender por causa da chuva. De repente sentiu nas narinas o cheiro morno de quarto e sentiu raiva de seu soldado, que tinha uma fêmea na cama, com quem enroscar as pernas em noites mais frias. Ele, um simples soldado, com mais desfrutes da vida. Era uma situação contrariando a hierarquia? E aquele cheiro entrava-lhe pelos sentidos, com as palavras cálidas e ininteligíveis, palavras que eram beijos em seus ouvidos.

– Vamos logo – gritou o cabo em desespero.

Juva apareceu na porta vestindo sua capa de chuva. Estou pronto, foi apenas o que disse um pouco ressentido. Não gostava de ser tratado aos gritos na frente da esposa.

Pouco depois, duas sombras pedalavam pelas ruas da Vila da Palha. O bairro, apesar de noite de sábado, estava escuro e deserto, sem o fervo do costume. No bar da praça, se entendi direito. O soldado, com restos de rancor amargando a boca, só respondeu, É logo ali.

Carregando cada qual seu desconforto protegido por uma capa e pedalando debaixo de uma chuva fina, os dois policiais desembocaram na praça que um único bico de luz iluminava, do alto de um poste triste. Do lado oposto, por onde chegaram, puderam ouvir os gritos do bêbado que queria destruir o mundo. Quem é que é corno, aqui?, ele repetia aos brados a pergunta desesperada. Quem é que é corno? E o que tivesse na mão ele jogava contra as prateleiras, o balcão, qualquer alvo que sua ira pudesse arruinar.

Os homens da lei foram recebidos pelo voo de uma cadeira de que tiveram que se esquivar. Mais ágil que o cabo e com mais pressa de voltar, o soldado pulou por trás do bêbado e prendeu-lhe os braços nas costas. Foi o tempo em que o cabo juntou do chão as duas canelas que serviam de suporte ao desordeiro. Em menos de dois minutos ele estava imobilizado, o corpo estendido no piso do bar. Chorando ele repetia, mas agora sem gritar, a pergunta que tanto o magoava.

O dono do bar saiu de trás do balcão para ajudar os guardas. Tentou um chute na ilharga do bêbado e foi advertido pelo cabo, Em homem deitado não se bate, Nico.

Lá de baixo, de onde estava segurando o homem preso, o cabo olhou pra cima encarando o dono do bar e avisou que teria de lavrar um boletim de ocorrência. Os olhos arregalados de Nico tinham o semblante mesmo de uma pergunta. Que o cabo entendeu. Este rosto cheio de sangue, Nico. Isto só pode ter sido obra sua. Na porta de acesso ao interior da casa, dois degraus acima, apareceu enxugando as mãos no avental a esposa, que de longe vinha já imprecando contra a acusação e em defesa do marido. Sua voz em nada poderia lembrar o canto de um sabiá, por causa de seu som agudo e nervoso. Que nem um dedo, seu guarda. O cabo, que não gostava de ser chamado de guarda, usou sua grosseria para dizer à esposa de Nico, A senhora não viu nada, então faz favor de se retirar. Isto aqui é negócio de homem. E pare de gritar, que ninguém aqui é surdo.

O cabo, filho de antigos colonos de uma das fazendas dos irmãos Alvarado, tinha a convicção de que pertencia ao povo mais importante da cidade. Tinha nome antigo num lugar onde antiguidade era pedigree. Ele dizia, principalmente ao soldado, que tinha vindo ninguém sabia direito de onde, Quando os meus antepassados vieram pra esta região. Seus olhos então brilhavam e as veias do pescoço engrossavam de tão importante que ele era. O cabo só exercia sua educação com o delegado, o escrivão, e com a família Alvarado. Madeira, ele comentava com os íntimos, isso é gente que chegou aqui cinquenta anos depois do meu bisavô. Evitava, mesmo assim, contato com a família, que podia ser proprietária de metade do município, mas tinha chegado cinquenta anos depois de seu bisavô.

O próprio bêbado, ainda choramingando, foi quem livrou Nico de qualquer culpa. Me machuquei sozinho, ele disse. Por que a tamanha raiva do Nico? Ora, pois ele me disse que andam comentando aqui na Vila da Palha que eu sou corno.

– Quero que algum filho da puta venha dizer isso aqui, na minha cara. Quero só ver quem tem essa coragem.

Da porta interna do bar, a esposa de Nico sorriu vitoriosa, por isso um sorriso disfarçado.

– Bem, ele vai com a gente. Precisa dormir uma noite na delegacia pra esfriar a cabeça e aprender a se comportar como homem. Depois, Nico, você faz o balanço dos prejuízos. Ninguém quebra o que é dos outros sem pagar. Essa é a lei da nossa terra.

Enquanto o soldado ajudava o bêbado a levantar-se, o cabo fez um embrulho com a capa enrolada e prendeu no bagageiro da bicicleta. Juvenal fez o mesmo porque a chuva estava desistindo. E os três vultos, a passo de bêbado, iniciaram a viagem de volta, a longa descida para o centro da cidade. As casas, encolhidas e úmidas, dormiam pequenas atrás das cercas. Às vezes um cachorro vinha conferir a estranha passeata: os três vultos que desciam pateando no calçamento irregular da rua. Por dois quarteirões, as casas escassearam até quase desaparecer. Era um campo aberto à direita e um barranco alto à esquerda, por cima do qual se estendia uma rocinha magra de mandioca.

Poucas vezes no trajeto de volta trocaram alguma palavra. O soldado já tinha deixado na vila o amuo, e o bêbado choramingava muito economicamente e perguntava, Quem é que é corno? Quero só ver. Quem, aqui na minha cara?

Passava muito da uma hora da manhã quando o cabo desprendeu o chaveiro do cinturão e abriu a porta da delegacia. Estranhou a súbita corrente de ar que vinha dos fundos, mas não tanto que desconfiasse do que havia sucedido. O bêbado tentou reagir agarrando-se ao batente da porta, por isso Juvenal teve de ajudar a empurrá-lo para dentro. Ele vai dormir na cela com o artista, hein, Juva! Ambos *riram com gosto do castigo que sua autoridade infligia ao corno desordeiro.*

O soldado, carregado de sono e cansado daquela descida, despediu-se na boca do corredor, e ia montando em sua bicicleta quando ouviu o grito grosso de terror do cabo. Derrubou a bicicleta para o lado e correu delegacia adentro. No fundo do corredor, o cabo e o bêbado quase abraçados, unidos pelo mesmo susto, olhavam pela grade da cela o imenso rombo na parede dos fundos.

Coro VIII

Mas então, e quatro passos à frente, Leôncio repetia, mas então. Seus passos arrancavam gemidos roucos da calçada, progredindo na direção da praça. Os pensamentos, entretanto, não iam além daquela formulação inacabada: Mas então.

Depois de ver Teodoro Malabar entrar algemado na delegacia, tangido pelos dois policiais de fora e recebido por um cabo e um soldado à porta, o escrivão mal apareceu na sala de espera com seus papéis de praxe, depois de esperar até que o camburão sumisse no rumo da estrada, Leôncio não sabia a que conclusão fazia parte de seus deveres chegar. Mas então. O chuvisqueiro havia passado, entretanto a rua continuava molhada, um brilho no calçamento escuro que Leôncio não via. Subia na direção da praça achando que voltava para sua Barbearia Central.

Ao passar por sua rua, Leôncio não parou. A sensação de ato inacabado era muito forte. Continuou pelo quarteirão defronte à praça, e viu o dia sumindo nas luzes das lojas, que se acendiam, das poucas lojas que ainda se mantinham abertas. Não tinha um caminho a seguir, uma ideia do que deveria fazer, mas os pés, ainda que um pouco trôpegos e frustrados, recusavam-se a parar.

A distração de Leôncio não envolvia sua mente em alguma ideia, fixa ou volátil, sua distração vinha de um vazio incômodo, os sentidos desligados de tudo. Quando trombou com uma velha que arrastava os pés e mantinha o guarda-chuva aberto acima da cabeça, atrapalhou-se e agradeceu cheio de cerimônia, enquanto ela atravessava a rua com a tosse pulando na boca e enveredava para a praça, penetrando pela aleia principal, na direção da igreja.

Na porta da farmácia, Laerte limpava os óculos numa ponta do jaleco branco e esperava notícias. As pessoas que passavam, conversavam entre si com palavras sem muita utilidade, pois ninguém desconhecia os lances principais dos guardas empurrando o malabarista até entregá-lo ao cabo. Lá dentro de sua sala, o escrivão anotou os detalhes da recepção, papéis que seriam levados para a delegacia de Porto Cabelo devidamente assinados. E aí todos paravam. Leôncio, ao passar pela calçada oposta, cumprimentou o farmacêutico, que lhe perguntou, Nada? A resposta, seca hesitante, de Leôncio, foi, Nada! E o barbeiro ainda andou vinte metros dali tentando descobrir o que se escondia naquela palavra.

Então voltou com seus passos e só na frente do portão do sobrado ele parou. Havia um movimento desusado, de gente e carros entrando e saindo no quintal do doutor Madeira. Uma van acabava de sair enfurecida, e Leôncio teve de pular para não ser atropelado. Maurício, um dos empregados da casa, vinha fechar o portão, e Leôncio aproveitou para perguntar, Que movimento todo é este?

Do lado de dentro, para onde foi puxado, debaixo do caramanchão da frente da casa, ouviu em atento silêncio a história de Maurício, contada rápida e excitadamente. Sentia-se como se estivesse acabando de acordar: a realidade chegava devagar, aos poucos, como nuvens que em lenta debandada vão abandonando o céu a seu próprio azul.

Doutor Madeira tinha sido informado da hora em que o camburão partira de Porto Cabelo. Mandou um de seus funcionários, de picape e celular, ficar no posto, depois da ponte. Um camburão, qualquer idiota reconhece. Sim, mas sem cochilo, branco e preto. Sua menina, na mesma jaula do malandro? Mas isso é que nunca, entenderam? Ele gritava caminhando apressado por dentro de casa. Reuniu o povo da colônia mais próxima. Doze homens com todo tipo de arma, e mandou o caminhão ficar parado na curva da lagoa, aguardando o sinal que viria do posto.

E foi assim que aconteceu. O camburão passou pela estrada como se fosse aquela apenas mais uma missão de rotina. O caminhão ficou atravessado ocupando a largura toda da estrada. Dos dois lados da curva o barranco alto, vários atiradores em posição de guerra, deitados protegidos. Duas caminhonetes preparadas para atacar pela retaguarda cortando qualquer tentativa de recuo e retirada em fuga.

O camburão entrou na armadilha, os policiais pensando que era um caminhão em manobra. Mas viram os homens protegidos no alto dos barrancos e atrás vários canos apontados para eles. Perto do caminhão ficaram parados, esperando, sem possibilidade nenhuma de reação.

E foi o próprio doutor Madeira, revólver na mão, quem fez a abordagem. Ele mesmo.

Leôncio não tinha ouvido toda a história, mas já exultava.

– Filha minha, seu guarda, não chega à cidade de camburão. Podem soltar a moça.

Os guardas confabularam e resolveram atender ao pedido do pai, comandante de tantos homens armados.

Quem esteve lá conta que a menina ainda quis resistir, com medo do que seria feito de seu amante. Na segunda vez que ouviu a ordem do pai, ela se arrastou até a porta e saiu com os olhos meio fechados por causa da claridade. Começava a chuviscar e dois funcionários de seu pai a carregaram para dentro de um carro com vidros fumê.

Na chegada, o carro contornou o sobrado e foi parar nos fundos, na entrada da cozinha.

Agora? Ela está trancada no quarto dos fundos. Se gritar, ninguém de fora vai ouvir. O velho está lá conversando com ela. De lá ela não escapa, porque as janelas são gradeadas. Coitadinha, como uma prisioneira.

Leôncio voltou para a barbearia pensando na coitadinha, mas agora aliviado, esperto, convencido de que as ações do doutor Madeira correspondiam ao que se podia esperar de um homem da sua importância.

Capítulo 10

O defunto é todo seu. Então só então me dou conta de que sim, apagamos o futuro de um vivente que até agora respirava debaixo do céu? Só as palavras, dando os nomes, penetram até o fundo e perfuram a casca de nossa consciência? O Laerte se levanta e fica olhando pra baixo, lá embaixo, no chão, como todos nós, sem palavras de bem ou de mal, porque, ante o fim, não há o que ser dito. Ele se diz sozinho: medonho, silencioso como um halo que se desprende da terra dura e procura o consolo das nuvens.

Não sei como isso começou, mas ouço palavras ciciadas atropelando-se numa despedida cheia de terror, uma encomenda automática daquele que até um minuto atrás era um homem e, como homem, odiado por seus atos. Já não existe mais a não ser como a matéria restante, a matéria iniciando seu processo de decomposição. Por isso a reverência: nosso medo do desconhecido. A morte apaga a culpa, será?

Já não há mais a quem acusar. Fazemos ao mesmo tempo o sinal da cruz, assombrados pelo ato que acabamos de praticar.

Ninguém tem vontade de iniciar assunto, meus companheiros e eu nos deixamos prender por pensamentos de sombra. Este aí embaixo, este não sente mais medo, não sente mais nada. O medo, o terror, fica entre nós, hipnotizados por um corpo enorme e inerte, este corpo sem futuro. Uma forma sem conteúdo.

O vento, não sei quando, começa a raspar nas copas de mangueiras de repente agitadas, e chia como água em movimento, e esfria nossos braços. O frio da chuva que se foi, mas deixou sua umidade. Fricciono os braços com fúria, querendo acordar e vencer o torpor. Sei que é necessário reagir, pois não podemos ficar nesta reunião macabra por mais tempo. E o movimento das mãos agita o sangue ainda vivo, que me devolve o ânimo subitamente em falta.

Agora sim, agora, de volta à realidade, atinjo a certeza: nós acabamos de matar um homem. O trabalho não era nosso, nem seu benefício, mas daquele que sempre nos protegeu com seu poder. Este morto aqui, defunto, não nos pertence, que a nós não ofendeu. O proprietário deste corpo é o doutor Madeira, que fez a encomenda. Mas o plano é meu, como é meu o comando da execução. Preciso esquecer esta noite como quem acorda e não se lembra mais dos pesadelos noturnos.

Antes de continuar a ação, aproveito a roda fechada em torno do malabarista e falo que tivemos foi um pesadelo. Jamais profiram uma só palavra sobre o que vocês não viram acontecer nos fundos da delegacia. Jamais. Foi tudo um pesadelo, nada mais do que isso.

Todos ouvem em silêncio minhas instruções. Ninguém pergunta nada, ensaiando os fantasmas que logo mais deverão assumir.

Mando dois homens à frente, como nos filmes de guerra: dois batedores, você e você. Fazemos um embrulho com o defunto usando os sacos trazidos pelo Ariosto. Precisamos sair logo daqui. O cabo não deve demorar. Dois homens levantam o embrulho até os ombros e o carregam costeando a delegacia. Atravessamos o portão e atingimos a calçada. Os batedores estão bem à frente, na rua que costeia o córrego e leva à lagoa. Os primeiros dão lugar a uma segunda dupla, que arca com o peso morto do ex-galã.

Os homens que me acompanham são muito obedientes. Nenhum deles, garanto, assume seus atos. Estão todos dispostos a fazer tudo que eu mandar, pois assim não terão muita culpa a expurgar da consciência. Todos ingênuos e inocentes. Numa situação grave, de desfecho perigoso e desconhecido, voltamos a ser crianças movidas por cordéis invisíveis. Eles são assim. Todos temos necessidade de alguém que seja responsabilizado por nossas faltas. Aqui, nesta empresa, eles me encaram com olhos assombrados de meninos. Sou a salvação de suas almas.

Coro IX

A Casa Figueiredo, logo depois do meio-dia, fica mais leve, e a mão de um balconista minguado como o Leandro dá conta de tudo, que é o pouco movimento. É a hora da sesta de Osório, que come bem até sentir a cabeça pesada. No tempo de seu pai, herdeiro da casa comercial, a maior de Pouso do Sossego, Osório era quem ficava sozinho atendendo o pouco movimento. Seu pai já tinha cumprido sua quota do mesmo serviço.

Mais de sessenta anos, o armazém de secos e molhados. Construído provavelmente pelo avô de Osório quando Pouso do Sossego era uma vila de meia dúzia de casas, mas passagem de tropas: gado para o matadouro de Porto Cabelo, mulas suadas com um surrão bojudo de mercadorias de cada lado, que se atiravam para armazéns de sertões muito brabos, povo que passava a cavalo, gemendo em busca de médico ou dentista (o mais próximo a cerca de quarenta quilômetros). Só uns dez quilômetros pra frente havia um armazenzinho com três garrafas de refrigerante, uma barrica de cachaça, alguns gêneros, como sal, fósforos, querosene. Figueiredo, o avô de Osório, vendeu uma ponta de terra que tinha herdado e mandou construir o armazém com três portas de frente, quatro janelas, uma escadaria de cimento com três degraus e mais de vinte metros de palanque onde se podiam amarrar os cavalos para mijar, abanar a vassoura da cauda, trocar a pata de apoio e dormitar, enquanto os donos compravam tanto o de abastecer a casa como o de esquentar a garganta.

Logo depois do meio-dia, o Figueiredo aproveitava o movimento pouco e deixava o filho tomando conta do armazém.

O armazém de Osório, a Casa Figueiredo, não se parecia mais com aquele antigo armazém mandado construir por seu avô. Hoje estava reduzido a duas portas de frente e nenhuma janela, porque em tempos diferentes até a fisionomia das casas muda. Mas Osório ainda deixava aquele Leandro de sentinela e se retirava para seu quarto, onde, por perto de uma hora, sofria os pesadelos do estômago cheio.

Logo depois do almoço da sexta-feira, Osório estava ajeitando o travesseiro quando sua mulher abriu a porta do quarto com muito cuidado para não fazer barulho. Telefone, ela cochichou. Osório sacudiu a cabeça para que a mulher entendesse: estou dormindo e não posso ser interrompido. Por isso, Matilde cochichou ainda mais baixo que é o doutor Madeira. Osório sentou-se com seu aborrecimento na beira da cama, justo agora, tanto sono.

Entre o quarto e a sala, onde ficava o telefone, o corredor comprido com suas sombras silenciosas. Osório arrastava os chinelos pensando no quanto era infeliz naquele momento. Na metade do caminho, arrotou de boca fechada, e o gás da fermentação queimou seus lábios estreitos, deixando suas narinas em brasa com a lembrança dos temperos que a cozinheira usava. Suspirou, bocejou e soltou um flato com certo apelo musical. Seu corpo preparava-se para não dormir.

Precisamos ter uma conversa muito grave, ele ouviu antes de qualquer cumprimento. Mas quando, doutor? Imediatamente, foi o grito que voltou pela linha. Osório começou a coçar a cabeça pensando que ainda teria algum tempo para um cochilo, mas a voz incisiva de doutor Madeira não deixou que o dono do armazém sonhasse com o repouso. Meu motorista já saiu daqui pra te buscar.

Ao sair do banheiro com o rosto limpo como se tivesse dormido a manhã inteira, Osório encontrou a esposa de olhar ansioso. O que foi desta vez? Falar comigo, o marido respondeu, coisa urgente. Este doutor Madeira, também, não faz nada sem pedir conselho a você. A voz da esposa ficou indecisa entre a queixa e o orgulho. Uma buzina, chegada da rua, apressava o comerciante.

– E a que hora você volta?

Osório voltou a cabeça, Ora, Matilde, e seguiu em frente.

Vista de dentro de um carro, do banco do carona, a cidade não era a mesma, uma cidade construída para carroças, que aos poucos se preparava para substituí-las inteiramente. O motorista não tinha pressa nas ruas estreitas, com medo das crianças distraídas. Osório olhava para os lados e, quando chegaram à praça da Matriz, pensou eufórico, Eu gosto da sexta-feira, principalmente com o sol iluminando as copas das árvores, que fazem sombra para as pessoas esperarem a vida passar. Ele suspirou porque a praça ia ficando para trás, e o carro entrou com dois solavancos pelo portão aberto do sobrado.

Era preciso descer era o pensamento do comerciante quando o carro parou, então abriu a porta e desceu. O saibro novo recebeu com ruído suas botinas. Na porta principal, o rosto sombrio, doutor Madeira o esperava, fazendo gestos bruscos e incisivos para que Osório subisse logo. E ele subiu.

Atravessaram com passos largos a sala, velha conhecida, e o comerciante, ao passarem pela escada, consultou o andar superior querendo notícias, mesmo que fosse apenas um grito de revolta, como a cidade toda acreditava que ouvia. Depois da sala velha conhecida, continuaram com passos largos pelo corredor até a saleta de pouco uso encravada no coração do sobrado. Era quase uma biblioteca, de tão silenciosa. Doutor Madeira ordenou que Osório entrasse e entrou atrás, trancando a porta à chave. Aqui ninguém incomoda, e o assunto é apenas nosso. O que se falar aqui, hein, seu Osório, só duas pessoas vão saber.

As mãos de Osório estavam molhadas e ele não tinha trazido lenço. Era um suor visguento e ele teve a sensação de que não poderia distrair-se para não permitir que elas grudassem uma na outra, ou em qualquer lugar. Suas mãos concentravam o desconforto que a saleta sem janelas e de porta trancada à chave causava.

Depois de uma pausa longa em que se ouviam tão somente os ruídos da respiração, o comerciante perguntou pela menina. Doutor Madeira, sentado na frente de Osório, começou então a falar e disse, Criei uma filha, hein Osório, com todos os cuidados, dei sempre tudo o que ela quis, fiz tudo por ela, construí para o bem dela, às vezes cometi atos meio ilegais por causa dela, porque ela é o sentido da nossa vida. Osório sentiu-se muito envergonhado porque notou que o lábio inferior do pai tremia e era certo que fazia muito esforço para não chorar. Até lágrimas. Não soltas, derramando-se rosto abaixo, mas inundando os olhos, brilhando de emoção.

Era preciso mudar de assunto, com urgência. E Osório olhava para os lados e via apenas algumas lombadas de livros primorosamente encadernados com percalina vermelha e identificados por meio de letras douradas. Além disso, uma sala vazia, desprovida de sugestões. Seus pigarros não interromperam a confissão que ameaçava terminar em choradeira. Ele, um homem poderoso. As mãos de doutor Madeira, abraçavam-se desesperadas, elas sim, entregues a um choro espasmódico, porém silencioso. Penalizado, Osório ia abrindo a boca para pedir, Calma, doutor, a vida, sabe, nem sempre anda nos trilhos que escolhemos. Ia abrindo a boca, mas teve um lampejo de inteligência e se lembrou de que dar conselho ou consolo a um homem de tão magna importância é o mesmo que testemunhar uma rachadura em sua couraça, um ponto vulnerável, sua fraqueza, e uma descoberta assim pode transformar-se no fim de uma amizade. Resolveu ouvir calado.

Súbito, um murro, vibrado com violência no tampo da mesinha ao lado, mudou o tom da conversa. Não criei minha filha pra entregar a um pilantra como esse, seu Osório. Hein, o que é que você acha?

– Mas e agora, doutor Madeira?

Mesmo vaga, a pergunta foi perfeitamente entendida. O fazendeiro fechou novamente o semblante, novamente poderoso. Estou de viagem marcada pra hoje à noite, Osório. Vou levar minha filha pra fazer um curso nos Estados Unidos.

E ante o espanto das sobrancelhas levantadas do comerciante, doutor Madeira acrescentou, E quem for esperto, aqui em Pouso do Sossego, vai acreditar no que estou dizendo, ouviu, seu Osório?

O comerciante estava pálido desde o murro no tampo da mesa, e doutor Madeira resolveu restituir-lhe a serenidade e a autoconfiança. Claro que não se trata de você, Osório, a pessoa em quem mais confio desta cidade. Aliás, nem foi por outro motivo que o convidei para esta conversa. Você sabe muito bem: tenho muitas pessoas de confiança em Pouso do Sossego, mas em nenhuma confio como em você.

Osório iniciava um quase sorriso e gaguejava tentando dizer que bom, doutor, o senhor sabe, é uma questão de amizade, antiga e verdadeira, que desde nossos pais, a fidelidade. Tudo isso passou pela cabeça de Osório que, entretanto, não conseguiu articular uma palavra sequer.

Levantando-se de cima de seu peso na poltrona, o fazendeiro encostou-se no balcão do bar e preparou duas doses de uísque. Retirou do balde quatro cubos de gelo e moveu os copos em círculos rápidos.

Ergueram um brinde à saúde sem definir de quem. Osório, que se tinha levantado para o brinde, foi convidado a sentar-se novamente.

Baixando ainda mais a voz, que se tornou, de repente, bastante sombria, doutor Madeira chegou tão perto quanto pôde de Osório e disse o que desde o início era o tema principal do encontro e que até então estivera disfarçando com toda aquela introdução. O comerciante enrugou a testa com sulcos muito atentos e não perdeu uma única sílaba. Porque agora, sim, era o segredo. Um telefonema, às onze da manhã. Hein, seu Osório, tenho amigos, graças a Deus. Por este mundo afora. Amigos de lei. Um telefonema informando que o Delegado Regional tinha resolvido transferir o prisioneiro Teodoro Malabar para a cadeia de Porto Cabelo. Questão de segurança. Segunda-feira o camburão volta pra levar nosso prisioneiro, Osório, segunda-feira. E eles pensam que isto aqui é terra de ninguém: vão entrando e levando quem eles querem?

– E você, o que pensa a respeito do assunto?

Ora, pensar diferente de seu protetor nem em sonhos os mais delirantes. E a opinião de doutor Madeira já estava implícita em seus comentários.

– Não, doutor, nós não vamos deixar que eles levem o bandido.

O sorriso de doutor Madeira era uma insinuação de que seu asseclã ainda não tinha entendido a missão que lhe estava sendo proposta. Assim é que se fala, Osório, assim mesmo, hein! Nem vivo nem morto.

– Temos pouco tempo, Osório, muito pouco. Hoje à noite parto em viagem para os Estados Unidos. Sabe. A Lúcia vai fazer um curso por lá. E este salafrário não pode continuar vivo até segunda-feira.

– Não pode, doutor.

– E o ideal é que na segunda ele já esteja enterrado, compreendeu?

As mãos de Osório voltaram a verter o suor pegajoso, e o dono das mãos remexeu-se na poltrona sentindo muito desconforto, como se de repente seu corpo estivesse talhado a facão, muito quadrado e duro, uma forma rígida, quase um defunto. Em desespero, ele se levantou e pediu que o fazendeiro lhe servisse mais uma dose de uísque. Queria sem gelo, agora, para queimar-se nesta fogueira com que se queimaram os inimigos da fé cristã.

– A responsabilidade é toda minha – atenuou o doutor –, toda minha. Mas confio na sua competência para a execução de algum plano. Enfim, desde os velhos tempos agimos sempre de comum acordo, não é mesmo?

A ideia de que era necessário eliminar aquele prisioneiro somente aos poucos infiltrou-se na mente do comerciante. Na metade da segunda dose ele já estava achando que seria tudo muito fácil, e chegou a citar o nome de alguns homens da sua confiança e da de doutor Madeira. Foi então que este último sugeriu o farmacêutico. Compreendo que vocês não tenham muita confiança um no outro, mas ele tem experiência de lidar com a morte, sabe muito bem a hora que ela chega. Além do mais, tenho ele nas mãos, seu Osório, aqui nas minhas mãos. Pode confiar nele.

Eram mais de quatro horas quando Osório voltou pra casa. Estava vermelho e suado, mas alegre e confiante.

Capítulo 11

Esperem neste terreno baldio, minha ordem. Escondidos por trás do muro. Eles não entendem por quê, nem tenho tempo de explicar. Saio com passo largo, apressado, pois nossos batedores não conhecem o atalho por onde podemos levar nosso embrulho com segurança, sem o risco de algum encontro inconveniente. Preciso alcançar aqueles dois. Olho pra trás, conferindo, e não vejo ninguém. O grupo todo atrás do muro, em silêncio. Dois cachorros começam a latir, usando sua ferocidade enrustida durante o dia, por causa da luz. Mas era bem isso que eu não queria: estes malditos podem denunciar a gente. Se algum velho acorda com os latidos e inventa de mijar, precisamos tomar muito cuidado. Mas onde foram se socar aqueles dois?

Estico o olhar até onde vejo a rua e é tudo escuro, casas dormindo atrás de janelas, sombras intermitentes de árvores respirando o luar. Apenas uma ilha de luz, que desce relutante de um poste, onde a noite permite uma esquina. Muros, cercas, jardins sem pressa usando a umidade deixada pela chuva. O silêncio parece um calafrio. Vivente algum ao alcance de meus olhos. E é sábado, noite vazia em véspera de domingo. Acho que se trata da chuva, o medo do barro. Os cachorros que denunciaram nossa comitiva já desistiram de sua ação inútil. A cidade está morta, e o vento frio, sem piedade, arranha meus braços.

A um quarteirão de distância vislumbro duas sombras verticais. Serão eles? Mas parecem paradas. Dois arbustos? Diminuo o ritmo, desconfiado. O cabo e o soldado? Acho que se moveram, mas não, continuam paradas. Dizem que sábado à noite também as almas. Me aproximo devagar, com meu coração perto da boca e o corpo perto dos muros, rente, procurando caminho escuro. E não é que são nossos batedores? Eles vêm a passo lento de passeio ao meu encontro. Espero parado e quando se aproximam o suficiente cochicho que vamos pegar um atalho que ninguém usa. Por dentro de umas chácaras onde ninguém. Eles demonstram contentamento, dizendo que sim, sim, assim muito melhor. Que viram uma velha caminhando numa travessa com o guarda-chuva aberto. Tossia muito alto, tosse escarrada. Não, não viu. Os dois se agacharam atrás de um poste. Mas onde passa uma velha de guarda-chuva podem passar multidões, não é mesmo?

Onde os outros todos? Escondidos no terreno baldio ao lado da horta do seu Manezinho, com o embrulho da mercadoria atrás do muro, no escuro. Dois cachorros mas velhos como o dono, de leve sono, e sem qualquer vontade de enfrentar uma noite embarrada como esta.

Exijo que falem mais baixo, como tem que ser, e os dois concordam em voz alta.

Um dos batedores escorrega e quase cai e para manter-se de pé dá uns pulos esquisitos, uns pulos mais rápidos do que seu corpo. Sou obrigado a rir também, mas rio com discrição, um riso que não acorda nem cachorro.

As lagoas na rua e na calçada brilham como enfeites de Natal pendurados no escuro da noite. Vou desviando com pés ligeiros e inteligentes. Depois de todo o tempo de espera com angústia, a chuva encharcando minha roupa, o cuidado com os companheiros mais alegres e menos cautelosos, depois de todo o trabalho arrombando a parede, convencendo o malabarista, segurando seus braços e pernas, seu corpo todo até sentir que a vida acabava de escapar por sua boca aberta, depois de tudo isso, esta brisa fresca, a visão das lagoas brilhando e o trabalho que nos resta é uma bênção de Deus. Ele nos protege.

Duas, três, quatro casas, depois o muro com o portão capenga de uma perna, emperrado. Acima do muro sobe o fiapo azul de uma fumaça conhecida. Empurro o portão, agora com a dureza dos passos de quem deve comandar, e entramos no terreno baldio, os três, eu à frente dos batedores. Agora inúteis. Me agacho perto do grupo e dou um pulo para trás ao perceber que estou perto demais do falecido Teodoro Malabar, que os incompetentes destes meus ajudantes não conseguem manter embrulhado como mandei. Vejo seus olhos abertos, e ninguém me garante que em suas pupilas opacas não siga o registro de minha fisionomia: os mistérios. Como saber onde a vida acaba e a morte se torna o fim, a morte sem volta, sem nenhum registro de tudo que foi a vida? Onde as coisas têm seu início e onde estará seu fim? Há coisas que não acabam, apenas se transformam em outras. Quem é que sabe o que resta da mais antiga na mais nova? Quanto do pai está em seu filho?

Meus incompetentes companheiros se agacham perto de mim, meus lados protegidos, e falo com rigor de comando na voz, o comandante, quem é o filho da puta que estava aqui fumando? O velho, este sogro do Toninho, se desculpa com gravidade e diz que não aguentava mais. Digo que não pode, mas já digo com maior mansidão nas sílabas, pois ele tem idade que exige respeito, e está se desculpando, dizendo que isso ele não vai fazer outra vez. O cigarro já está asfixiado e sem brasa debaixo de um sapato.

Espicho o corpo, de pé, e os companheiros me imitam, então ordeno, Vamos pessoal, vamos terminar logo com isso. Vocês dois, é a vez de vocês pegarem no pesado, esta mercadoria aí. Eu vou na frente porque só eu conheço os atalhos por dentro destas chácaras aí na frente. Vamos. O bando se apronta e me segue, pisando nos lugares pisados por mim, um atrás do outro, a fila, atravessando a horta do seu Manezinho de esguelha, para atravessar a cerca num buraco bem perto da esquina direita do terreno, buraco antigo, do tempo em que existia goiaba por aqui em lugar de repolho.

Os dois cachorros, apesar de sua velhice, estranham o cortejo de sombras dentro da noite e resolvem denunciar os invasores. Na vizinhança há um concerto de respostas, e nós ficamos com tanto medo que alguns insistem querendo voltar. Conhecido da casa, chamo com voz agachada pelo nome, e eles me reconhecem. Chegam com o pelo do cangote eriçado, sacudindo suas caudas senis e rosnando de dentes arreganhados como se estivessem tentando sorrir. Um deles até espirra alto. Os guardas do seu Manezinho olham com curiosidade e desconfiança para meus companheiros, principalmente para os que trazem o embrulho nos ombros, um embrulho que aos olhos caninos dos cachorros deve parecer muito estranho, principalmente pelo que o povo diz, que cachorro reconhece a morte mesmo quando ela ainda esteja viva, apenas ameaçando pousar nas costas de alguém. Eles nos acompanham farejando nossas pernas e adivinhando nosso caminho quase secreto.

Não sou bom em improviso. Por isso gosto de tudo planejado. A opção por este atalho, um lugar nos fundos de chácaras e quintais, foi uma ideia de repente, uma descoberta do meu pensamento funcionando. Parecia perfeita. Ninguém, principalmente numa noite como esta, inventa de passar por aqui. E essa é a perfeição da ideia. O que não me ocorreu, isso sim, foi que em dia de chuva grossa, como a de hoje, muitos dos terrenos estivessem alagados. E agora temos de costear a cerca de hibiscos pelo talude estreito e de barro mole para não precisar entrar nesta lagoa. Os dois ficam parados esperando que eu volte. Olho pra trás e eles estão parados me esperando. Então eu volto e dou firmeza na ordem, que homens são vocês dois? Eles ajeitam melhor o corpo, distribuem o peso e o equilíbrio e com os sapatos fincados no barro, meio de lado, escorregando palmo e meio cada passo, e assim, bem devagar, vêm os dois atrás de mim.

O barulho da água parece que estava escrito. Um dos dois escorrega até enfiar os pés na lagoa e o corpo inteiro do vigarista cai de prancha no silêncio que vínhamos mantendo a tanto custo.

Os outros, que vinham atrás, chegam correndo, O que é que foi isso? Alguns cachorros dos arredores latem sem muita convicção, e tenho de usar toda minha autoridade para que os nossos não quebrem a noite ao meio de tanta gargalhada. Sou obrigado a ameaçar o Laerte com o nome do doutor Madeira na minha boca. Eles só querem achar graça de tudo, e parece que não têm consciência de que é um homem morto que carregamos e que caiu na água. Um homem que nós matamos. Todos nós matamos, com a mesma carga de responsabilidade.

Escalar o barranco está mais fácil do que eu esperava, os de cima puxando pelas partes de cima e os de baixo empurrando as partes de baixo. Um, dois e no três já está aqui em cima. A terceira dupla se encarrega do transporte por mais de cem metros, pelo campo que separa as casas da Companhia, cerca de vinte, todas iguais, dos fundos do Clube Atlético de Pouso do Sossego: muro com três metros de altura. O terreno do campo está firme, sem barro, bom de pisar caminhando. A progressão se dá no ritmo necessário, passo de soldado.

Na metade deste, que é um dos lances da nossa caminhada, o companheiro da frente, o Toninho, joga a parte do corpo que lhe compete no chão, dá um berro medonho e sai correndo em fuga de uns vinte metros. No meio do campo, agora um corpo de verdade, porque os panos do embrulho, desde a queda na água, começaram a se soltar. Um corpo. Ele apertou meu braço com a mão morta dele, começa a se explicar o fujão. E cochichou no meu ouvido, ele cochichou, umas palavras, ele cochichou, com a boca dele mesmo, e me segurou o braço com aquela mão morta.

Alguns companheiros mostram-se assombrados e querem contar histórias de mortos que depois de mortos ainda são vivos e fazem coisas. Tudo coisas de assombrar. Consigo reunir o grupo novamente e exijo ordem nos comentários. Que aqui não é hora de dizer bobagens. Eles fazem silêncio com seus nervos muito expostos, e pergunto de quem é a vez de erguer o peso do defunto. O Laerte, com seus óculos, está convencido de suas prerrogativas, enfim, o representante da ciência médica. Mexo com ele, de propósito, pois não acho que seja justo todos fazerem força menos ele.

Então, seu Laerte, chegou sua vez, não é mesmo? Muito esperto, o Laerte, devolve pra mim minhas próprias palavras, Chegou nossa vez, concorda? Não posso refugar o desafio e digo que sim, que ele escolha o lado, porque eu pego em qualquer um. E é assim que nós dois enfrentamos o peso deste Teodoro.

Atravessamos a porteira e entramos quase gemendo no gramado que morre na lagoa. Do outro lado, o circo dorme com todas as suas atrações bem guardadas. Somos dez vivos e um morto a desfilar nos últimos metros quando um dos leões abre a imensa boca e esvazia os pulmões num urro de acordar uma cidade inteira. Metade de nosso grupo volta para a porteira em carreira desabalada, debandando com imensa covardia. Não posso gritar com eles porque o circo, mesmo todo apagado como está, tem dezenas de ouvidos muito finos, capazes de entender o que se passa.

Laerte e eu continuamos a andar os metros que nos separam da lagoa, e o leão parece que resolveu dormir novamente. A margem está lamacenta e reluto em soltar sobre o barro um corpo de gente. Por fim, percebo que o Laerte está arriando a parte de baixo e não consigo mantê-lo de pé sozinho. Deixo que vá escorregando, me agacho, até ver o corpo imenso, ele inteiro, estendido sobre o barro. A lagoa está inchada, com água até aqui a beiradinha, e agachado ainda enfio minha mão na água. Está fria e novamente me vem a sensação de que não está certo empurrar uma pessoa para dentro de uma água tão fria. O Laerte é quem toma a iniciativa e as pernas de Teodoro começam a boiar. Ele, o Laerte, com sua capa embarrada, com barro até nos óculos e o terno pedindo perdão, de tão embarrado, ele sabe que não é mais uma pessoa, que devemos empurrar, mas um objeto pesado e grande, que já foi um malabarista. Esta coisa aqui não tem agilidade, movimento nenhum. Com a ponta do pé na perna espichada empurro o corpo como se fosse um barco e ele navega docilmente, afastando-se aos poucos e afundando até tornar-se um movimento estranho das águas da lagoa, uma ondulação com o centro exatamente onde o vimos pela última vez.

Nosso grupo agora está completo e silencioso na beira da água, procurando um ângulo de luar para se despedir do corpo que transformamos em um defunto.

Fecho um círculo e falo, baixo, por causa dos leões e outros animais de ouvido agudo. Meu sermão é simples como uma verdade. Amanhã, isto é, daqui a pouco, todos de roupa limpa na missa, com as famílias, e palavra nenhuma, nunca, pra ninguém. Esta é uma noite que não existiu, eu termino. E cada um de nós toma um caminho, procurando o mais curto de sua casa. Com alguma pressa, porque uma nuvem escura esconde a lua, e o ar úmido está anunciando mais chuva.

Capítulo 12

Acordo com os ouvidos abertos, a Matilde, hein, lá na cozinha, um lugar de torneira e louça, os ruídos. Meus olhos não se livram desta névoa que me retém, agora, num mundo de abismo, por onde escorrego minha vertigem, despencando, nada que me segure. Continuo ouvindo a sororoca de um homem precisando de ar, buscando com a força que lhe resta uma gota de ar, uma só gota que seja. O saco plástico inflando e encolhendo, brusco, em movimentos de estertor. E o ronco então produzido, puro animal, não me abandona. Hoje é domingo depois de uma noite que não existiu. A Matilde tilinta providenciando o café para que não cheguemos atrasados à missa. E eu, com este sono pesado, que não abandona minha cabeça, tenho de chegar muito vivo, aceso, e recolher os primeiros cumprimentos, como em qualquer domingo.

    Quando cheguei de madrugada, ela acordou e me viu de cueca enfiando-me na cama. Quis saber onde andara e apenas disse que por aí. Virou-se e continuou dormindo. A Matilde confia em seu marido, pois sabe que sempre fui um homem direito, cumpridor, temente a Deus. Ela vai ver a roupa embarrada na área de serviço, e vou dizer que caí, bêbado, coisa entre amigos. Problema nenhum.

Meus companheiros devem estar tranquilos, com a consciência em paz. Eles me consideravam o único responsável pelo fim trágico do malabarista. Aquela água e ele navegando. Enfim, todas as ordens quem dava era eu. Mas eu fui apenas um instrumento do doutor Madeira, então o único responsável foi ele? Não, não acredito nisso. A cidade toda, se pudesse saber o que se passou, apoiaria o que fizemos. Pelo menos as pessoas de bem desta cidade. Um crime, mesmo um crime de sedução, como foi esse, não pode ficar sem castigo. E severo, para que sirva de escarmento. Aos poucos. Por fim era só uma agitação da água, a lagoa estufada, e a lua oscilando rápida no dorso das ondas. Nossa lei: de escarmento.

É preciso que ninguém se engane: esta é uma cidade ordeira.

A manhã me pegou só de cueca, então me enrolo no edredom. O sol deve ter espantado as últimas nuvens, em tudo uma claridade de bater na consciência, um sol de relho na mão. Acho que posso dormir mais um pouco. Relho na mão. O sol. E o ronco. Quando o boi fica preso no brete e vem chegando com a cabeça na frente e os chifres que já não ameaçam nada, ele se aproxima até o ponto exato, então recebe o peso da marreta, seu volume e sua velocidade, no meio da testa, arregala os olhos sem piscar, a língua desce fugindo da boca e um som grave e curto, que não é mais um mugido, mas uma vibração que exala de seu corpo, o ronco antes de se ajoelhar e de soltar um suspiro com o ar do tamanho de seus pulmões. É o momento em que recebe a ponta da faca entre as costelas, enterrada até o coração. Um último ronco em seu peito para soltar a vida junto com o sangue que jorra em golfadas. De joelhos, primeiro. Depois o corpo inteiro flutuando até desaparecer no volume da água da lagoa inchada. A lua oscilando nas ondas, a superfície agitada. O calor do edredom.

É ela, é ela, a Matilde, O café na mesa, Osório. Pulo de cueca da cama e corro até o banho, abro o chuveiro, a água me purifica, escorrendo, me lava.

A Matilde está sentada pronta, vestido e sapatos, seu cabelo de ir à missa. Mastigo o pão e sorvo o café morno como se estivesse com fome, esta alegria de estar vivo e só pensar com os sentidos do corpo, uma vida saudável. Um homem, nas minhas mãos.

De carro só quando chove, vamos de braços dados cumprimentando as pessoas que nos olham com simpatia porque somos um casal muito bem casado. Até a praça.

A porta aberta da igreja está quase deserta por causa do sacristão olhando, e, no coreto, um grupo de pessoas, que já deveriam estar em silêncio à espera da chegada de Deus, que o padre representa, se aglomeram e se empurram, cada qual querendo ver mais do que os outros. Homens, mulheres, os jovens e muitas crianças. Todos.

De longe, por cima das pessoas, vejo um vulto, um volume na escada do coreto. Meu coração me incomoda e acho que qualquer um, só de me olhar, adivinha meu susto, o medo que aquele pacote ali largado me causa. Mas quem? Como pode isso, se o deixamos bem preso dentro das águas barrentas da lagoa? Largo a Matilde, que não se interessa em saber o que acontece, e me embrenho entre homens, mulheres, os jovens e muitas crianças, com ímpeto, empurrando e arrastando, até chegar bem na beirada. Agora vejo, sim, com alívio, o guarda-chuva do lado, os sapatos velhos, o vestido sujo cobrindo até as canelas. A velha está morta, e as pessoas não sabem quem ela é, como eu sei. Ela andou na chuva, tossindo, medindo a cidade com seus passos, distribuindo sua tosse por onde andava.

– Ninguém vai chamar a polícia?

Do meu lado, curioso, o filho mais velho do Altemar me olha como se eu tivesse chegado naquele instante. Ele não diz com palavras o que seus olhos meio espremidos estão gritando, Você pensa que aqui somos todos estúpidos? Me sinto atrapalhado por ter dito uma bobagem de recém-chegado e tento um sorriso de retratação. Ele aceita meu sorriso pedindo desculpas e informa que já telefonaram várias vezes para a delegacia, mas, como é domingo, o cabo e o soldado podem estar descansando. Sabe como é, o delegado de férias, o escrivão só lá pelas tantas, se vier, porque hoje é domingo. Eles não atendem. Um garoto desses aí foi correndo até a delegacia, quem sabe um deles acorda.

O sacristão desapareceu da porta e o sino começa um repicado insistente, chamando os fiéis com um pouco de irritação porque já passou da hora e as pessoas parecem estar mais interessadas nos mistérios da morte de uma velha desconhecida do que em ouvir o velho padre Ramón Ortega, com seu remanescente sotaque espanhol, ameaçando o povo com o fogo e o enxofre do inferno, fechadas todas as portas do paraíso, para este povo fetichista.

A Matilde me chama de longe, por trás do círculo dos curiosos. Ouço a voz da minha mulher, uma voz que vem de um mundo que desconheço, que existe apenas em meus sonhos. Sua voz em branco e preto não me atinge por inteiro. Sou aqui o único talvez que saiba quem é a velha que passou a noite medindo nossa cidade. O Ariosto acaba de chegar e olha de longe, de dentro de seu terno azul-marinho. O Ariosto sem o Camilo. Eles dois também já viram esta velha. O Ariosto espicha o pescoço até sua altura e me olha com perguntas nos olhos. Não tenho resposta, por isso me desvio de encará-lo muito fixo. Também não sei.

O sino cessa o apelo e alguns casais abandonam o grupo em volta do coreto, atendendo ao chamado do sacristão. Uns poucos jovens seguem o exemplo dos casais. Ela é apenas uma velha morta, que morreu na escada do coreto, ninguém sabe como ou por quê, ninguém se aproxima demais, mas esperam todos que a polícia venha e dê suas explicações. Só que a polícia não vem.

Quem chega ainda correndo é o garoto que tinha saído em busca de notícias. Ele vem excitado, o suor escorrendo em seu rosto onde olhos grandes brilham de espanto, e para de pé em cima de um canteiro para contar o que sabe. A Matilde não me espera mais e some dentro da igreja.

O que o garoto diz é confuso, pouca gente entende, que um homem, na lagoa. O cabo e o soldado pescaram um homem. Que o delegado interrompeu as férias e o escrivão a caminho. O homem, ele diz que viu, deitado no barro na beira da lagoa.

Sinto minhas mãos vertendo suor, água corrente, e o Ariosto troca um olhar rápido comigo, talvez esteja pedindo alguma explicação, mas disfarço, viro de costas como se isso não fosse assunto meu. Do estômago me sobe um calor amargo e minha boca se enche de saliva. Mais cedo do que eu esperava. Um homem deitado no barro às margens da lagoa. O Ariosto chega perto do menino querendo ouvir melhor, mas se desvia e desce para a igreja, porque a voz do padre Ramón já encobre a praça, vertendo do alto-falante no alto da torre.

Lá na direção do circo, diz o garoto, e a maioria das pessoas abandona a velha imóvel, estátua na escada do coreto, e desce a rua com passo apressado e curioso na direção da lagoa.

O Laerte me olha de longe com olhos de vidro. Ele faz alguma pergunta ao garoto, que daqui não ouço. Sacode a cabeça e se afasta atrás do Ariosto. De dentro de seu terno, muito elegante, olha pra trás ajeitando os óculos e me vê aqui parado. Eu aqui parado, sem saber onde fico melhor.

O céu está inteiro, por cima, com o sol luminoso clareando o domingo. Saí de casa com sono, perto de fechar os olhos, mas esta velha morta e a notícia do homem pescado na lagoa, isso tudo me deixa com frio. Um frio que sobe do estômago feito uma azia e estraga o gosto da boca. Agora muitas pessoas descem a praça com suas cores novas, roupas de domingo, e mal dão uma espiada na velha que está dormindo nos degraus. A maioria já entrou na igreja ou foi matar a curiosidade na beira da lagoa. Do nosso grupo, uns cinco já passaram. Só quem me cumprimentou foram o Leôncio e o Toninho, que me acreditaram em tarefa de conferência. Pobre de mim, que tenho de curtir sozinho meus pensamentos depois de tudo consumado.

Capítulo 13

O Laerte está terminando a segunda leitura, por isso entro nas pontas dos pés, meus pés de pontas silenciosas.

Olho por cima das cabeças e vou entrando até encontrar a Matilde sentada num dos primeiros bancos. O Laerte me vê na minha altura semovente e finge que não me vê, concentrado em dobrar o papel que tem nas mãos, como se fosse uma operação muito difícil, necessitada de muitos cuidados.

– Palavra do Senhor.

– Graças a Deus!

O farmacêutico dá os primeiros passos para a ala da esquerda, bem longe do meu lugar ao lado da minha mulher.

Nem acabo de sentar e a congregação toda se levanta. O rosto vermelho do padre Ramón Ortega aparece no púlpito.

– O Senhor esteja convosco.

– Ele está no meio de nós.

Com sua voz que ocupa o espaço completo da igreja, do alto, onde estão pregados os lustres, até aqui no chão que pisamos com nossos pés, ele abre solene a Bíblia Sagrada, então profere, Discurso de Jesus após a ceia: Moradas celestes. Seus olhos atravessam a nave até o fundo e voltam, conferentes.
– Proclamação do Evangelho de Jesus Cristo segundo João.
– Glória a vós, Senhor!

> *1 Não se turbe o vosso coração. Crede em Deus, crede também em mim. 2 Na casa de meu Pai há muitas moradas; se assim não fora, eu vo-lo tivera dito: pois vou a aparelhar-vos o lugar. 3 E depois que eu for, e vos aparelhar o lugar, virei outra vez, e tomar-vos-ei para mim mesmo, para que onde eu estou estejais vós também. 4 Assim que vós sabeis para onde eu vou, e sabeis o caminho.*
>
> *5 Disse-lhe Tomé: Senhor, nós não sabemos para onde tu vais: e como podemos nós saber o caminho? 6 Respondeu-lhe Jesus: Eu sou o caminho, e a verdade, e a vida. Ninguém vem ao Pai senão por mim.*

Prendo o foco dos meus dois olhos no bico do sapato, lá embaixo distante, porque encarar o padre é difícil, não me firmo. E ele faz uma pausa dramática, examina alguns dos rostos presentes, expulsa um pigarro antes de continuar. Mesmo fingindo distração com meus sapatos, sinto o calor de seu olhar no rosto.

> *7 Se vós me conhecêsseis a mim, também certamente havíeis de conhecer a meu Pai: mas conhecê-lo-eis bem cedo, e já o tendes visto.*

Ele continua a leitura do Evangelho, por isso tem o olhar preso nas palavras que lê. Posso então observá-lo e ver como está envelhecido, o padre Ramón. Mais magro, com os cabelos que lhe restam totalmente brancos. Suas mãos parecem trêmulas sem aquela segurança de outros tempos. A voz, até a voz, que muitas vezes trovejou deste mesmo púlpito, já não está tão segura. Suas ameaças amaciaram. Olho para o lado esquerdo e dou com o sogro do

Toninho, que me encara, firme, perguntando, E agora? Ergo uma das sobrancelhas como se pudesse dizer com o gesto, Cale a boca e não vai acontecer nada. Acho que ele entendeu, porque se põe a olhar pra frente, onde o padre, do alto do púlpito, continua sua leitura. Nunca me lembro do nome desse velho. Que força! naqueles braços antigos.

> *10 Não credes que eu estou no Pai, e que o Pai está em mim? As palavras que eu vos digo, não as digo de mim mesmo: mas o Pai, que está em mim, esse é o que faz as obras. 11 Não credes que eu estou no Pai, e que o Pai está em mim?*

Impossível entender o que tudo isso significa, mas a impressão mais forte é que têm um destino, essas palavras. E o destino está de pé, ouvindo, de pé, ouvindo, aquele ronco de um peito animal, os movimentos, estertor, e não fazíamos nada além de segurar seu corpo destinado ao fim, enquanto o último sopro não o deixava. O Laerte veio fazer a segunda leitura. Ele estava lá na frente quando cheguei. O Laerte foi quem decretou, O defunto é todo seu. *A paz vos deixo, a minha paz vos dou...* O Toninho, acho que foi ele, largou jogado no chão, que a mão dele estava viva... *e não vo-la dou, como a dá o mundo.* Eu não podia refugar a tarefa, o Laerte me olhando. Senti no pescoço a barba espinhenta do fulano, o defunto de olhos arregalados. Uns olhos assim não devem ficar abertos porque podem ainda registrar o mundo.

O Leôncio está concentrado nas palavras e acho que, como eu, não está entendendo nada. O que acontece é isso: natural. Seu perfume atinge mais de dois metros de raio. Ele sim, com o saco plástico. Nem no confessionário, estão me ouvindo? Ele deve saber, porque este padre sabe tudo. Eu disse que ficava do nosso lado porque na hora não tinha outra resposta. Também não sei. O Leôncio. Ainda bem que choveu pesado de madrugada. Nossos rastros desfeitos. Que o cabo e o soldado pescando um homem na lagoa. Fim das férias do delegado e o escrivão a qualquer momento chegando: os registros, ditos BOs.

Menos o Camilo, com certeza bêbado na casa dele. Depois tenho de levar o pagamento. De confiança, sim, mas num caso destes é preciso cumprir a promessa. Dormindo. Mas dele ninguém vai sentir falta. Não costuma frequentar a igreja. Até conversas de que tem simpatia por aquele pessoal do terreiro de umbanda. A gente não tem nada com isso, mas o padre, sempre que pode, ofende todos que dão ouvidos ao maligno. Isso ele diz: coisa do demônio.

30 Já não falarei muito convosco: porque vem o príncipe deste mundo, e ele não tem em mim coisa alguma. 31 Mas para que conheça que amo ao Pai, e que faço como ele me ordenou. Levantai-vos, vamo-nos daqui.

– Palavra da salvação.
– Glória a vós, Senhor!

Não consigo prestar atenção sem desembrulhar minhas ideias de sombra e a Matilde me olha com uma pergunta na testa. Esta claridade, cochicho.

– *Eu sou o caminho, e a verdade, e a vida*, disse Cristo, Nosso Senhor, *Ninguém vem ao Pai senão por mim*. Meus prezados, nesta manhã, com tantas e tremendas novidades, é preciso que reflitamos um pouco sobre as palavras do Senhor. Quando Ele diz que é o caminho, quer significar que para trilharmos as sendas do bem, não há alternativa a não ser recebê-Lo em nossos corações e praticar tão somente aquilo que, em sua passagem por esta terra, Cristo nos recomendou. Pois caminhos, existem dois: uma estrada larga, plana, fácil de se trilhar; a outra, estreita, cheia de pedregulhos, difícil porque ascendente. A primeira é aquela que vos leva com muita tranquilidade aos fogos sulfúricos do inferno, mas é atrativa, cheia de tentações, brilho e alegria. A estrada estreita é o caminho de Nosso Senhor Jesus Cristo: cheia de percalços, cansativa, machuca nossos pés, mas é a única que nos leva ao Reino de sua glória. A verdade, disse o Filho a seus discípulos, a verdade...

Padre Ramón treme, sua voz e suas mãos tremem, seus olhos faíscam. Nunca o vi assim acabado. O Altemar está impressionado, com os olhos vendo o padre e as mãos engalfinhadas, querendo livrar-se uma da outra, as duas. Quando percebe que o observo, me sorri e deita as mãos sobre as coxas. Está tudo bem, é o anúncio de seu sorriso. Tudo bem.

– ... muitas obras que merecem o título de caridosas, se não praticadas em nome de Cristo, deixam de representar a verdade. Qualquer caminho que não leve a Ele é desvio que desce para o mal. Só Nele, Cristo Nosso Senhor, está a verdade, porque a verdade é uma só: o Filho de Deus Pai. Tudo o mais que for praticado, que não seja em seu nome, são coisas deste mundo, que levam à perdição, que condenam ao fogo eterno. Queridos irmãos, neste século de tantos pecados...

Tenho certeza de que a homilia tem o nosso endereço. Preciso manter a naturalidade. Se ao menos soubéssemos sua posição, mas isso agora é impossível. Então um crime não merece castigo? Isto aqui não é um bordel, é uma cidade ordeira.

– Creio em Deus Pai todo-poderoso, criador do céu e da terra...

Esta claridade me incomoda muito, o reflexo naquela janela é uma espada que me penetra até o fundo. Meus companheiros devem estar perturbados, eu acho. Mas nenhum deles demonstra sinal algum. Com disfarces, examino os semblantes limpos deles todos.

– Amém!

E o doutor Madeira, a uma hora destas? Ele por aqui dava mais segurança pra gente: a paz. Viajou. E está certo: precisava viajar mesmo.

– Rezemos a Deus, que ressuscitou Jesus Cristo e dará vida aos nossos corpos mortais, dizendo:

– Dai-nos, Senhor, a vida em Cristo!

– Pai santo, tornai vossa Igreja protetora dos fiéis e intercessora em favor dos falecidos.

– Senhor, escutai a nossa prece.

– Pai de bondade, perdoai aqueles que pecam contra a vida julgando-se promotores da justiça.

– Senhor, escutai a nossa prece.

O reflexo da janela me atrai e me cega. Está quase na direção do Laerte. No banco de trás, a família toda dos Alvarado. A Matilde se ajoelha, acho que começou a consagração. É mais cômodo ter a cabeça inclinada e os olhos protegidos do reflexo. A lua dançava na lagoa, e aos poucos o corpo afundava, ficando no fim só umas ondas com o centro escuro de um defunto que não desaparecia completamente. Sei bem onde ele parou: todos queriam ver.

– Eis o mistério da fé!

Ele me olha, conferente, pois sabe que o tempo todo fui eu quem comandou o grupo. Ordena em voz mais contida que nos sentemos, reúne seus papéis com mãos trêmulas, ele mais sério, o semblante de nuvens escuras, pastor de um rebanho contaminado. O doutor Madeira esteve com ele antes de viajar para os Estados Unidos com a Lúcia. Será que ele mesmo, o doutor? Algumas pessoas, com posição acima das outras, mantêm relações, uma força invisível, que é o controle de uma cidade inteira. Ele se vira, guardando seus papéis, deixa que alguns caiam, curva-se muito, quase cai, para apanhá-los no chão. De baixo, envergado, olha para onde estamos sobre os bancos como verdadeiros cristãos, e seu olhar tem um brilho mau, que pode ser efeito dos óculos, algum reflexo, mas não tenho certeza. Está profundamente aborrecido, o semblante coberto de nuvens escuras.

– Livrai-nos de todos os males, ó Pai.

Mas então isso não é pra nós?

– Aguardamos a vinda de Cristo Salvador.

O sogro do Toninho aproveita a distração do padre e vai saindo de fino. Já sei por quê. Eu sei que não sou culpado, claro que sei, mas sinto um zumbido que me incomoda e acho que também não devo comungar. A Matilde depois vai perguntar por quê, se nunca falho, mas tenho de inventar, ela agora na fila, alguma coisa. Que maltratei um caloteiro e ainda não me confessei. A Matilde, essa minha mulher, ela tem a virtude de sempre acreditar em mim.

– Vamos em paz e que o Senhor nos acompanhe.

Os comentários antecipam a saída. A velha já foi retirada do coreto, onde morreu de guarda-chuva na mão. Todos querem saber quem era ela. Sei apenas que media a cidade com passos trôpegos, semeando por todos os quadrantes o ruído áspero de sua tosse. Na praça, em frente à igreja, os grupos se reúnem para decidir quem era a velha que morreu no coreto com um guarda-chuva na mão.

Acho que não suportou a chuva pesada que nos pegou chegando em casa. Seu vestido velho estava encharcado.

A Matilde me pergunta se eu sei de alguma coisa, e respondo que estou com uma fome de muitos séculos.

Capítulo 14

A curiosidade é muito grande, mas minhas pestanas desabam de sono, esta areia nos olhos, acho que o melhor é dar um cochilo. Mais tarde saio para encontrar os amigos e me informar a respeito do andamento das investigações. A Matilde amontoa pratos e talheres na pia e vai fazer a sesta. Diz que estou com os olhos vermelhos, ela, a Matilde, e se retira, com as ancas dela, fortes, mais pesada do que eu. Um cochilo, porque é muito pesado o oco da cabeça, pensamentos de fumaça: valor nenhum.

Se o padre Ramón falou de inferno, é porque precisava nos castigar pelo medo. Confessai vossos pecados, ele dizia a toda hora. Eu sou o caminho, e a verdade. Mas nossa verdade é o segredo. Que poder ele tem de saber o que acontece? Que olhos existem por trás daqueles fundos de garrafa, que enxergam o perto e o longe, o velado e o revelado? São poderes? Depois da homilia e do ofertório, Rezemos a Deus

Nosso Senhor, implorando para que aceite à sua mesa estas duas almas que ainda há pouco abandonaram os corpos de matéria impura. Como ele podia saber o que aconteceu se nem da casa paroquial tinha saído? Tenho um pouco de medo de que algum dos nossos, rompendo seu juramento, esteja metido nisso. O doutor Madeira, só ele, conhecedor dos subterrâneos da cidade, pode desvendar o mistério.

Melhor que faço com o estômago cheio: um cochilo. Até meio tonto de sono e de tanto pensar. Aqui sozinho estas ideias não me deixam em paz. E o vinho do almoço por este corredor escuro. A Matilde deixou a porta encostada porque viu no fundo dos meus olhos vermelhos o sono que me devasta. Largada sobre a cama, ainda a minha mulher na sua força. Apesar de um neto, é como se o tempo não tivesse passado por ela. Inteira.

Quem pode ser? Na sala o telefone. Que merda!

Respondo com pigarro grosso, maior do que as palavras, à voz conhecida. Sim, doutor Madeira, o Osório. Limpo a garganta enquanto ouço meu nome com ponto de interrogação. Sim. Eu mesmo. Ele fala mais fino do que o natural, de corpo presente, mesmo assim reconheço que é ele. Imagino que esteja longe, num domingo estrangeiro em um quarto de hotel, como ele volta sempre contando: os luxos da propriedade. Como? Tenho de gritar, mesmo com o risco de acordar a Matilde, porque ele não está escutando direito e me chega em ondas, ora sobe ora desce. Não entendo o que ele perguntou. Como?

A Matilde aparece despenteada esfregando os olhos. Tapo o bocal do telefone e informo, Doutor Madeira. Não, ele está viajando.

Sim, sim, doutor Madeira. Claro. Tudo. Perfeito. Só a Matilde, mas voltou pro quarto. Tenho de abafar a voz com a mão em concha. Uma coisa, doutor: a homilia de hoje, o senhor conhece o padre Ramón, não é mesmo?

Ele diz que não precisa de detalhes, que esses eram da minha alçada. O doutor Madeira tem muita confiança em mim e me valoriza sempre. Eu respondo que a polícia encontrou um corpo boiando na lagoa e ninguém sabe como isso aconteceu. Ah, sim, o escrivão largou sua folga e o delegado interrompeu suas férias a pedido do cabo, porque havia o registro de duas mortes na delegacia. Pois é. Deve chegar a qualquer momento e iniciar as investigações. Não, medo não, mas a homilia, o senhor conhece o padre Ramón, seus atalhos e desvios, quando se dirige a um grupo apenas. A verdade. Sim, sim, a verdade e a vida. Aquela passagem. E falou de inferno. Quem? Uma velha, nunca tinha visto por aqui. Acho que da zona, doutor. Não, não sei. Na escada do coreto. Um chiado parecendo que o mar entra pelo fio do telefone.

Outra vez a Matilde, ainda mais descabelada, mas sem esfregar os olhos. Com sede, ela cochicha. Sim, doutor, uma pescaria e tanto. Não, ele só pensa em jogar xadrez. De noite, quando faz bom tempo, é, sim, na casa do Fernando. A Matilde passa de volta com a testa enrugada de desentendimento. Nossa conversa tem toda a aparência de um assunto banal. O jogo vai ser logo mais à tarde. Nosso beque com o joelho machucado, o senhor sabe. Não, acho que não. Foi, sim senhor. Tudo correu como estava previsto. É, o Laerte. Até que não. No fim, ajudou mais do que eu esperava. Sim, eu tinha acabado de almoçar. Recém? Onze e meia!? Então o senhor nem almoçou ainda?

Ela bateu a porta do quarto pra não ser perturbada por nossa conversa. Pois é, um pouco de medo é do padre Ramón. Não sei o que ele sabe e do que sabe o que vai revelar ao delegado. Uma velha. Ninguém aqui conhece. Ela passou a noite caminhando pra cima e pra baixo, com chuva ou sem, o guarda-chuva aberto. E tossia, doutor Madeira. Nunca vi alguém tossir tanto. Como? Na escada do coreto. Os braços abertos como se quisesse dançar. Marca nenhuma de violência, doutor. Não, ninguém. Já levaram. O doutor Murilo tomou conta da autópsia dos dois casos. Do padre? Ah, ouvir isso me alivia muito.

Só aceitei o plano porque veio sugerido pelo doutor Madeira. Ele continua falando, agora dizendo como está o tempo por lá, coisa e tal que não preciso responder e basta de vez em quando um hum hum e ele continua porque gosta muito de falar, principalmente de suas grandezas. Porque se não fosse por ele, jamais teria me metido nisso tudo. Mas ele tem o poder na mão que me estende e sinto que uma parte do poder me entra pelas veias, até mais acordado, de cabeça mais leve e a minha consciência limpinha para viver. Acho que ele está terminando. Ainda pergunto pela Lúcia, com certo receio de que ele se ofenda, mas não, apenas diz que já escolheu o curso e quando chegar a Pouso do Sossego ele dá outros detalhes.

Abro a porta do quarto com os dedos da delicadeza, muito silencioso, e entro. Na penumbra mal reparo na Matilde. Ela ronca com suavidade, apenas uma respiração com som de ar entrando e saindo de seu corpo forte, bem saudável. Apesar de um neto, o corpo melhor do que de muita mocinha que anda por aí. As pernas rijas, o corpo enxuto. Aliviado pela conversa com o doutor Madeira até arrisco me encostar nela, mas acho que não vou conseguir nada. Nem se mexe. O oco da minha cabeça pesada vai passando. Não quero mais pensar em tudo que aconteceu desde ontem à noite. É uma noite que nunca existiu. Eu também, começo a não me sentir, muito cansado, eu, tudo em cima de mim, cansado. No céu.

Coro X

Quase uma semana depois dos fatos narrados, Osório recebeu em seu armazém de secos e molhados o jornal semanal de Porto Cabelo, que Jerônimo, o motorista de seu caminhão, lhe trazia com as mercadorias compradas de atacadistas da cidade vizinha. Logo na primeira página, foi chocado pela manchete:

MORTE MISTERIOSA EM POUSO DO SOSSEGO

No último domingo a vizinha cidade de Pouso do Sossego foi abalada pela notícia de duas mortes presumivelmente simultâneas. Ambas misteriosas, mas com características distintas. Aliás, uma delas foi apenas um engano.

Os primeiros fiéis que chegavam para a missa da manhã tiveram sua atenção despertada para um corpo que jazia imóvel na escadaria do coreto da praça central, em frente à igreja. Segundo uma das primeiras testemunhas, o senhor Alexandre do Carmo (42), pareceu estranho o fato de que o corpo estivesse inteiramente imobilizado, sem o menor gesto, durante vários minutos. Algumas pessoas que aguardavam à porta da igreja resolveram, então, aproximar-se e perceberam tratar-se de uma mulher com idade bastante avançada. Seus trajes indicavam uma situação social inferior e já não se movia absolutamente.

Chamada a polícia por um dos populares, esta não compareceu imediatamente, envolvida que estava com outro acontecimento pelo menos misterioso.

Bem mais tarde, a missa já iniciada, o escrivão da delegacia de Pouso do Sossego exarou o seguinte boletim de ocorrência:

"Encontrada na escada do coreto da praça da Matriz, uma senhora de idade presumível entre 75 e 80 anos não dava sinais de vida. Chamado ao local o farmacêutico, senhor Laerte da Assunção, este informou de maneira prévia que a indigitada não tinha mais pulsação sanguínea nem respirava, dando-se, portanto, como morta. A infeliz não portava documento algum e, dos curiosos presentes aos fatos aqui relatados, nenhum soube informar de quem se tratava. Inteiramente desconhecida, a idosa foi transportada por caminhão da prefeitura para a Clínica Médica Alencar, de propriedade do médico legista da cidade, doutor Murilo de Alencar, para o cumprimento de ritual em casos idênticos."

Em contato telefônico com o citado médico, a reportagem deste jornal soube que o médico preparava-se para a autópsia, mas ao primeiro toque do bisturi a velha moveu um dos dedos da mão, pondo-se em seguida a tossir como se avisasse estar resistindo com vida, recusando a escuridão de uma cova no Campo Santo da Saudade. Constatado o engano, o doutor Murilo tratou de removê-la para um leito de sua clínica, onde continua à espera de identificação. Segundo o médico, por tratar-se de suposta indigência, o caso da velha, que não tem meios para se manter sob tratamento, a prefeitura local deverá arcar com todas as despesas, pelo menos até que algum conhecido ou familiar se apresente.

Outro caso estranho, também misterioso, mas este nefasto e completamente diferente, ocorreu na noite de sábado para domingo, e foi descoberto quando alguns meninos aproximavam-se de uma lagoa dentro da cidade para pescar e viram um objeto estranho que boiava a poucos metros da margem. Um adulto não identificado que passava pelo local percebeu tratar-se de corpo humano e correu à delegacia da cidade para dar parte do que vira.

O cabo Duílio, que é este o nome do chefe do destacamento policial da cidade, acabava de chegar de diligências noturnas pela cidade, tentando resolver o mistério do arrombamento da cela da delegacia, compareceu poucos minutos depois à lagoa, furando o bloqueio da multidão de curiosos que se aglomeravam na margem. Em seguida deu instruções para que um garoto fosse até a casa do soldado Juvenal, conhecido por Juva, para que o mesmo fosse com urgência para ajudá-lo na lagoa. Ele mesmo, o cabo Duílio, de uma casa das proximidades, telefonou para o escrivão e pediu que este entrasse em contato com o delegado. As notícias de outra morte na praça da Matriz começavam a chegar.

Retirado o corpo da lagoa, foi identificado como sendo o de Teodoro Malabar, como já era de suspeitar, pois que o indigitado havia fugido da cela por um rombo na parede dos fundos, feito provavelmente de fora para dentro.

Levado à Clínica Médica Alencar pelo mesmo caminhão da prefeitura, o doutor Murilo exarou o laudo médico dando como *causa mortis* asfixia por afogamento.

Na cidade, a maioria das pessoas evita se pronunciar a respeito, afirmando quase todos que nada foi visto, pois chovia muito no sábado à noite e ninguém circulou pelas ruas. Alguns populares, entretanto, fizeram questão de ser entrevistados, afirmando alguns que viram o malabarista bêbado tentando atravessar a lagoa a nado para voltar ao circo, mas não teve fôlego suficiente. Outros, também apresentando-se como testemunhas, afirmam ter visto quando dois homens de estatura incomum jogaram o artista do circo já desmaiado na lagoa. Que depois disso, embarcaram em um automóvel preto e demandaram a estrada. Apareceram ainda outras versões, mas, por inverossímeis, deixamos de relatá-las.

A reportagem deste jornal manteve contato com o delegado, doutor Máximo de Almeida, que nos informou ter iniciado as diligências no mesmo domingo das trágicas ocorrências e que, depois da coleta de indícios, pistas, mas sobretudo pelo raciocínio lógico, chegou à prisão dos sete elementos também funcionários do aludido circo, como principais suspeitos pelo assassinato. Depois de terem libertado o companheiro da cela onde se encontrava, por brigas e arruaças, houve entre os companheiros algum desentendimento que motivou o assassinato por afogamento. Segundo apurou nossa reportagem, um dos suspeitos já confessou sua participação no crime.

Osório, escorado no balcão, terminou de ler a notícia do jornal e sorriu, um sorriso meio calhorda para si mesmo, que agora se sentia mais seguro, pois pertencia a uma cadeia de poder que mantinha as tradições da cidade, sua hierarquia, a ordem e o progresso. Jogou o jornal em uma gaveta e berrou para que um de seus empregados fosse ajudar a descarregar o caminhão.

LEIA TAMBÉM:

Bolero de Ravel – Menalton Braff

    Este romance de Menalton Braff é como uma melodia envolvente, de ritmo intenso e crescente, já expressa no título: *Bolero de Ravel*. À sombra dessa música, desenrola-se um drama familiar de cores negras, envolvendo uma mulher decidida e dinâmica e seu irmão, que nunca foi capaz de amadurecer. O contraste de temperamentos e objetivos de vida leva ao rompimento brusco das relações e à ameaça de internamento do rapaz num manicômio. Deterioração física e mental. Delírio total.

    Um clima obsessivo e angustiante, que o romancista explora com maestria e vigor: *A cada salto dado pelo cachorro, ele cresce, infla e aumenta o peso, e seus dentes alcançam as nuvens. Então ele se volta para as crianças e as devora como se fossem gotas do mar. E pula novamente, arrancando pedaços de nuvens, que ele engole, faminto. Seu pelo está sujo, escuro como as nuvens que ele já engoliu. Suas unhas imensas alcançam o Sol e o despedaçam. Então sumimos numa noite sem fim. Apenas a escuridão existe. Apenas a escuridão. Apenas.*

LEIA TAMBÉM:

À sombra do cipreste – Menalton Braff

À sombra do cipreste é a obra que projetou Menalton Braff no cenário literário brasileiro, no limiar do terceiro milênio. E o grande sucesso deste livro junto ao público e à crítica – laureado com o Prêmio Jabuti – Livro do Ano, em 2000 – foi previsto pelo saudoso Moacyr Scliar, no apaixonado texto que escreveu para a orelha das primeiras edições, publicadas por Galeno Amorim em sua antiga editora, Palavra Mágica: "Não tenham dúvidas os leitores: estamos diante de um notável contista. (...) O que temos aqui é o conto em sua melhor expressão. São textos muito curtos, mas carregados de intensidade dramática: aquelas situações-limite em que o ser humano se vê cotejado com sua realidade externa e interna". E, mais adiante: "Realista, Menalton Braff trabalha com personagens tirados do cotidiano, gente que todos nós encontramos na rua, no trabalho, no convívio familiar. Mas estes personagens têm segredos, vivem dilemas. E estes segredos, estes dilemas, constituem-se a matéria-prima da literatura de Menalton Braff".

SÉRIE ESTANTE GLOBAL:

Migração dos cisnes – Ricardo Daunt

Frequentemente a crítica literária dissocia refinamento, qualidade e sofisticação de leitura fácil, apetitosa. *Migração dos cisnes* mostra que isso é uma balela. Bem ao contrário, este romance prova que é possível buscar a máxima qualidade e tentar ultrapassar os limites do costumeiro e confortável modo de narrar – e ainda assim prender o leitor da primeira à última linha. Este livro é uma viagem complexa, mas que coloca o leitor em uma poltrona de primeira classe. Faz pensar, sim. Por longo e prazeroso tempo. E pensar não dói. Engrandece nossa existência.

A linguagem é a grande e perene conquista da humanidade. Explorar o sentido do belo é outra. Este romance pretende atender a ambos os quesitos. Quando se chega ao final, somos atirados novamente no espaço de nosso cotidiano, mas esta narrativa persiste em nós, como uma sinfonia contemporânea.

Pássaros grandes não cantam – Luíz Horácio

Pássaros grandes não cantam encerra a Trilogia Alada de Luíz Horácio, uma saga gaúcha em que o autor coloca sua imaginação fértil a serviço de uma percepção extremamente sensível da crueldade do mundo em contraponto com a capacidade e a necessidade de amar do ser humano. Tudo temperado pelo forte sotaque do gaúcho de fronteira, num cenário em que a natureza não apenas compõe o ambiente, mas também é personagem importante da trama.

A trilogia é composta ainda por Perciliana e o pássaro com alma de cão (Códex, 2005) e Nenhum pássaro no céu (Fábrica de Leitura, 2008).

Avesso – Tomás Chiaverini

As reportagens elaboradas pelo personagem central de *Avesso* são inspiradas em experiências que o autor teve como repórter na região. Em 2004, recém-formado em jornalismo, Chiaverini viajou durante seis meses pelo Amazonas, Pará, Acre e Roraima. Voou com militares em missões humanitárias, passou dias navegando em barcos apinhados de redes, e presenciou conflitos entre índios e fazendeiros na reserva Raposa Serra do Sol.

Assim, ao percorrer as páginas de *Avesso* o leitor encontrará, além de uma obra de ficção vibrante e contemporânea, um acurado e surpreendente documento jornalístico sobre a região amazônica.

Com esse ódio e esse amor – Maria José Silveira

"A estrutura do livro me lembra vagamente o *Oito e Meio*, de Fellini, onde as sequências se alternam. Porque há neste livro uma história real, atual e há uma história que volta no tempo, remete a Tupac Amaru, e uma ação se liga a outra, o passado desvendando o presente, buscando saber o que aconteceu na origem do comportamento."

Ignácio de Loyola Brandão

Em nome do pai dos burros – Sílvio Lancellotti

O uso meticuloso e apaixonado das palavras, do qual Sílvio Lancellotti confirma ser um mestre, torna irresistivelmente desafiante e instigante a leitura deste livro surpreendente, audaciosa e bem-sucedidamente inspirado na admirável versão para o português que Antônio Houaiss fez do clássico Ulisses, de James Joyce.

LEIA TAMBÉM DA COLEÇÃO ESTANTE POLICIAIS PAULISTANOS:

As cores do crime – Pedro Cavalcanti

Dinheiro de origem suspeita, desaparecimentos, delegados indecifráveis, e alguns crimes ao vivo e em cores. Tudo isso, alimentado por amizades sinceras e, é claro, uma dose insensata de paixão, compõe a trama, ambientada no bairro boêmio da Vila Madalena, do eletrizante romance que inaugura a série Estante Policiais Paulistanos.

O assobio da foice – Fernando Pessoa Ferreira

Um mergulho numa São Paulo fantasticamente realista, realisticamente fantástica. Fernando Pessoa Ferreira, mestre do gênero "policial paulistano" – você já o leu em *Os demônios morrem duas vezes*, de 2005 –, retomou seu cenário favorito para situar essa história em que a morte está sempre por perto, com seu assovio característico, e nenhum personagem pode se sentir seguro enquanto o livro não terminar.

Ao contrário do romance policial comum, em que o detetive é um herói infalível, o Omar Fonseca de *O assobio da foice* bate em portas erradas, desencontra-se com suas fontes e às vezes é tapeado por elas. Mas é isso que lhe dá um cheiro forte de verdade e o torna tão fascinante – achamos que poderíamos ser como ele e estar vivendo sua aventura.

O perseguidor – Tom Figueiredo

Cândido Gomes, repórter policial jovem e inexperiente mas profundamente determinado, desvenda os detalhes de um crime de morte intrigante e bizarro. O desenvolvimento da trama acaba revelando também os bastidores de uma redação de jornal popular, em que a necessidade permanente de dar "furos" de reportagem para alimentar as vendas acaba eliminando qualquer escrúpulo profissional. Assim, a experiência de perseguidor ensina Cândido a conhecer melhor a si próprio, por caminhos que não são necessariamente mais fáceis.

Impresso por:

Gráfica e editora

Tel: (11) 2769-9056